Milan Watson

Cowboy Protetor

Traduzido por Allan Hilário

1ª Edição

2022

Direção Editorial:	**Revisão final:**
Anastacia Cabo	Equipe The Gift Box
Gerente Editorial:	**Arte de Capa:**
Solange Arten	Bianca Santana
Tradução:	**Diagramação e preparação de texto:**
Allan Hilário	Carol Dias

Copyright © Milan Watson, 2020
Copyright © The Gift Box, 2022

Todos os direitos reservados.
Nenhuma parte do conteúdo desse livro poderá ser reproduzida em qualquer meio ou forma – impresso, digital, áudio ou visual – sem a expressa autorização da editora sob penas criminais e ações civis.
Esta é uma obra de ficção. Nomes, personagens, lugares e acontecimentos descritos são produtos da imaginação da autora. Qualquer semelhança com nomes, datas ou acontecimentos reais é mera coincidência.

Este livro segue as regras da Nova Ortografia da Língua Portuguesa.

CIP-BRASIL. CATALOGAÇÃO NA PUBLICAÇÃO
SINDICATO NACIONAL DOS EDITORES DE LIVROS, RJ
Camila Donis Hartmann - Bibliotecária - CRB-7/6472

W333c

Watson, Milan
  Cowboy protetor / Milan Watson ; tradução Allan Hilário. - 1. ed. - Rio de Janeiro : The Gift Box, 2022.
  100 p.

  Tradução de: Her cowboy protector
  ISBN 978-65-5636-137-6

  1. Ficção americana. I. Hilário, Allan. II. Título.

22-75469   CDD: 813
                  CDU: 82-3(73)

Dedicatória

Para Steven,

Eu levo o seu coração – E.E. Cummings

Eu levo seu coração comigo,
eu o levo no meu coração. Nunca estou sem ele.
A qualquer lugar que você vá, meu querido,
e o que quer que eu faça é o mesmo que você faria, meu bem.

Eu não temo o destino, pois você é meu destino, meu amor.
Eu não quero o mundo, pois, lindo, você é meu mundo, minha verdade,
e é você, o que quer que seja que a lua signifique, e qualquer coisa que o sol sempre cantará é você.

Aqui está o mais profundo segredo que ninguém sabe,
aqui é a raiz da raiz, o botão do botão,
e o céu do céu de uma árvore chamada vida,
que cresce mais alto do que a alma possa esperar ou a mente possa esconder,
e isso é a maravilha que está mantendo as estrelas distantes.
Eu levo o seu coração; eu o levo no meu coração.

Capítulo Um

— Senhora? Senhora? Sei que isso deve ser estressante, mas eu realmente preciso que você se concentre agora.

A voz estava impaciente e tinha o tom firme que se associava com um detetive em uma cena de crime. Embora ela pudesse ouvir cada palavra do que ele estava dizendo, lutava para compreender o pandemônio que a rodeava.

Seu lar, ou pelo menos o apartamento que tinha sido seu lar no último ano, estava destruído. E ao usar a palavra "destruído", ela não estava exagerando. Os sofás foram cortados com uma faca; os travesseiros desfiados, a espuma deles espalhada sobre o tapete como se tivesse sido massacrada.

Olhou para o armário que comprou em uma venda de quintal há alguns meses, e tinha restaurado com paciência e cuidado à sua antiga glória. As gavetas estavam no chão, quebradas. As portas inclinadas em suas dobradiças, e o mais perturbador, até mesmo o encosto foi arrancado.

As lágrimas queimaram a parte de trás dos seus olhos ao avaliar o resto do seu apartamento. Não tinha uma peça de mobília que não tivesse sido destruída; até a cozinha parecia que um tornado tinha passado por lá. Pela primeira vez na sua vida, entendeu o que as pessoas queriam dizer quando falavam que um assalto as fez se sentirem violadas.

Ela nunca tinha sido violada do jeito que a sua privacidade tinha sido hoje. A sua roupa íntima foi espalhada pelo quarto, onde inúmeros oficiais tinham passado desde a chegada deles. Sentiu-se exposta, humilhada e, mais do que tudo, confusa.

Ela não era rica; não possuía nada de valor que justificasse tal busca impiedosa em seu apartamento. Disso ela tinha certeza — aquilo não tinha sido apenas um arrombamento, foi uma busca. Mas, o que eles estavam procurando, ela não fazia ideia.

— Senhora! — disse o oficial, com um tom rigoroso, fazendo-a finalmente se virar para olhar para ele.

O detetive Walters, como ele mesmo tinha se apresentado, era um homem no início dos seus cinquenta anos. O seu terno, em um tom pálido de cinza, estava enrugado por passar tempo demais no carro, o cabelo tinha uns fios grisalhos, mas os seus olhos eram amáveis. Ela teve a sensação de que eles também podiam ser impiedosos.

— Sinto muito. Eu só… — Rachel Lewin disse, abanando a cabeça. Ela olhou de relance para o seu telefone na palma da mão novamente; Harrison ainda não tinha respondido às suas chamadas.

— Está tudo bem. Compreendo que isto deve ser muito difícil para você. Mas a única forma de encontrar as pessoas que fizeram isso é se você responder às minhas perguntas. Você precisa de água, ou talvez de uma bebida mais forte para se acalmar? — o detetive Walters perguntou, gentilmente, apesar de só estarem no meio da manhã.

Rachel negou com a cabeça.

— Não. Estou bem. Acho que é melhor acabarmos com isso logo.

— Em primeiro lugar, estabelecemos que isto não é um arrombamento comum. Foi uma busca.

Rachel concordou com a cabeça, apertando as mãos no colo.

— O que eles estavam procurando?

— É isso que estamos tentando determinar. Senhorita Lewin, há alguma coisa de valor na casa que devemos saber?

— Não. Nada que justifique isso. — Apontou com a mão para o caos que a rodeava. — Eu administro um negócio de buffet; não possuo nada valioso. A menos que eles estivessem à procura da minha batedeira nova. — Os olhos de Rachel se atreveram a olhar para a cozinha onde se encontrava o seu aparelho favorito, orgulhosamente em cima do balcão. — Esse é o item mais caro que possuo. — Rachel apontou para o eletrodoméstico, que tinha economizado por quase seis meses para ter, antes de voltar a olhar para o detetive, que a recompensou com um sorriso pequeno.

— Duvido que estivessem à procura de uma batedeira. E o seu noivo? — detetive Walter olhou para o seu caderno de notas. — Harrison Colt? Ele tinha alguma coisa de valor no apartamento?

Rachel negou com a cabeça.

— Não que eu saiba.

— Conseguiu contatá-lo? — perguntou o homem, pacientemente.

— Não. Já deixei três mensagens, mas não tenho notícias dele desde esta manhã.

— O que é que o Sr. Colt faz para viver?

— Ele é contador. Trabalha em um dos bancos da cidade — disse Rachel, com um suspiro.

Depois de perguntar o nome do banco, o detetive Walters levantou-se e fez alguns telefonemas. Voltou alguns momentos depois com uma expressão confusa.

— Tem certeza de que o Sr. Colt trabalha no banco que mencionou?

— Sim. Ele trabalha lá desde que o conheci. É um dos melhores — disse Rachel, com confiança. De que outra forma eles teriam conseguido pagar por férias no Caribe e os restaurantes luxuosos que ele a levou?

O detetive Walters acenou lentamente com a cabeça, um franzido na testa.

— Senhorita Lewin, já visitou o Sr. Colt no trabalho?

— Não. Por que faria isso? Me desculpe, mas não entendo por que você faz tantas perguntas sobre Harrison. Ele provavelmente está em uma reunião. Em breve, responderá às minhas chamadas e então pode falar com ele pessoalmente.

O detetive Walters limpou a garganta quando outro agente se afastou suavemente depois de lhe dizer algo.

— Senhorita Lewin, acabamos de confirmar que não existe um Harrison Colt empregado naquele banco, e nunca existiu.

— O que você quer dizer... espera, talvez... não, tenho certeza que esse é o banco certo — Rachel insistiu.

O detetive acenou pacientemente com a cabeça.

— Me dê o número de segurança social dele, talvez ele tenha outro nome...

Rachel franziu as sobrancelhas.

— Eu não tenho o número de segurança social dele. Será que a data de nascimento ajudaria? — Rachel não podia deixar de sentir como se as coisas estivessem ficando ainda mais fora de controle. Por que que ela se sentia como se algo estivesse errado, muito errado? Por que Harrison mentiria sobre o seu trabalho, ou o seu nome?

Depois de obter a data de nascimento de Harrison, o detetive regressou com uma expressão descontente.

— Senhorita Lewin, o nome e a data de nascimento que nos deu pertencem a um homem que faleceu há três anos. Harrison Colt está enterrado no cemitério Santa Monica's Woodlawn. Parece que o homem que conhece como seu noivo pode não ser o homem que pensava que fosse.

— O que está dizendo? — Rachel disse, balançando a cabeça.

Nada disso fazia sentido. Nem a invasão, e nem Harrison não sendo Harrison. Olhou para a sua batedeira e sentiu como se o mundo inteiro estivesse desmoronando à sua volta e ela não tivesse nada para se segurar. Ela era dona de um buffet, pelo amor de Deus, não uma criminosa.

— Nós pensamos que a invasão, ou busca, como preferir chamar, pode estar relacionada com o seu noivo. Ele se comportou de forma estranha nos últimos dias?

Rachel começou a negar com a cabeça antes de parar.

— Estava muito calado. Eu me lembro de perguntar sobre isso ontem à noite e ele me disse que eram apenas coisas de trabalho.

— Ele fez, ou disse, alguma coisa fora do normal? — perguntou o detetive, como se estivesse se agarrando às suas últimas opções.

Rachel fechou os olhos, tentando rever as memórias da noite anterior. Ela lembrava de chegar em casa depois de entregar um bolo de aniversário, fazer o jantar e desfrutar uma taça de vinho.

— Espera, ele concertou a luz do quarto. Ainda me lembro de pensar que era estranho, porque tinha funcionado perfeitamente bem alguns momentos antes.

O detetive Walters olhou para os agentes, que, sem dizer uma palavra, foram para o quarto. Pouco tempo depois, voltaram com uma bolsa de viagem cheia de dinheiro, passaportes, e um pequeno livro preto.

Rachel arquejou e começou a balançar a cabeça como se soubesse que o que quer que tivesse naquele saco não seria bom. Ela observou enquanto o detetive Walters olhava os passaportes, todos com nomes diferentes, mas ostentando a imagem de Harrison, antes de ele finalmente alcançar o livro preto. Um arrepio correu pela sua espinha enquanto viu um vinco na testa dele, depois ele finalmente começou a balançar a cabeça.

— Senhorita Lewin, já viu esta bolsa antes?

— Não, juro que nem sabia que estava na casa — informou Rachel, negando com a cabeça.

— Eu acredito em você, mas infelizmente terá de vir conosco para a delegacia até que o seu noivo esclareça isso.

Rachel levantou, sentindo o seu temperamento subir.

— Por que tenho que ir para a delegacia? Eu não fiz nada de errado. O meu apartamento foi arrombado e agora você está me tratando como uma criminosa.

O detetive Walters suspirou.

— Senhorita Lewin, os nomes neste livro são alguns dos maiores cartéis que operam em Los Angeles. Até que possamos estabelecer que você não tem nenhuma ligação com os nomes neste livro, irá responder a algumas perguntas. Podemos fazer isto da maneira fácil ou da maneira difícil.

Rachel sentiu as lágrimas queimarem a parte de trás de seus olhos.

— Eu vou com você, mas não tenho nenhuma ligação com os nomes que constam nesse livro.

Rachel seguiu o detetive Walters até o seu carro antes de olhar de volta para o seu apartamento uma última vez. Ela não fazia ideia do que estava acontecendo, mas tinha um pressentimento de que a sua vida estava prestes a ser ainda mais destruída que o seu apartamento.

Capítulo Dois

Treze, cinco e seis.

Rachel repetiu os números e verificou os cálculos novamente. Após quatro horas na sala de interrogatório ela sabia que havia treze fendas nas paredes, cinco marcas de arranhões no chão, e seis arranhões na mesa.

Como nada que tinha acontecido nas últimas quatro horas fazia sentido, ela se agarrou a algo que fizesse. Até quatro horas atrás, sua vida tinha sido normal. Ela tinha acordado e tomado um banho rápido antes de ir para o mercado. Depois de obter todos os ingredientes necessários para os pratos da festa que um cliente encomendou, voltou para casa. Quando chegou, a porta estava quebrada e o apartamento estava um caos. Desse momento em diante, praticamente todo o seu dia tinha sido uma carnificina.

O que ela acreditava ser uma invasão comum, como se existisse isso de invasão comum, acabou por ser uma busca. O mais perturbador foi a bolsa de viagem e o conteúdo do livro preto. Depois do detetive Walters ter feito as mesmas perguntas repetidas vezes durante duas horas, ele finalmente desapareceu, deixando-a na sala de interrogatório.

Tinham tido a gentileza de lhe trazer um café, embora estivesse velho e morno, com três colheres de açúcar, para lhe acalmar os nervos.

Quando a porta finalmente se abriu, rangendo, de novo, Rachel rapidamente se sentou corretamente e tirou os números de sua mente. O detetive Walters suspirou fortemente, enquanto se sentava no lado oposto da mesa.

— A boa notícia é que consegui confirmar que você não está de forma alguma ligada aos nomes no livro preto.

Rachel bufou impacientemente, tirando um fio de cabelo louro dos seus olhos.

— Eu te disse isso umas cem vezes.

Pacientemente, o detetive concordou com a cabeça.

— Tenho certeza de que compreenderá que precisávamos confirmar por nós mesmos. Verificamos os seus registos telefônicos e rastreamos os seus movimentos nos últimos dias, e estamos confiantes de que você não está envolvida com a lavagem de dinheiro.

— Lavagem de dinheiro? — perguntou Rachel, ainda mais confusa. — Desculpe, nada disto está fazendo sentido.

— Parece que o homem que você conhece como Harrison Colt era um contador, mas não para um banco. Ele está envolvido com um dos maiores cartéis que operam na área de Los Angeles. O Cartel de Alvarez. Não temos certeza da dimensão do seu envolvimento, ou se a invasão esteve relacionada com o envolvimento dele, mas arranjamos um oficial para cuidar de você até o localizarmos.

— Está dizendo que Harrison é um traficante? — questionou Rachel, exasperada. — Isso é ridículo. Ele tem bons bônus no banco. Ele não trafica drogas.

— Não, ele gerencia o dinheiro para os homens que traficam as drogas. — O detetive Walters sacudiu a cabeça e fechou o arquivo à sua frente. — Sei que teve um dia longo, mas vá para casa e tente descansar um pouco. Se Harrison a contatar, eu sou a primeira pessoa para quem você deve ligar. Entretanto, colocamos um alerta de procurado para ele.

— Sim, claro.

Rachel ainda não havia conseguido compreender o que lhe tinha acabado de ser dito ou o que o alerta de procurado significava. Embora o Detetive Walters não tivesse dado a ela qualquer detalhe, o que ele disse foi suficiente para fazê-la questionar tudo sobre Harrison e os dois últimos anos da sua vida. Nada disto fazia sentido.

Após assinar alguns documentos e prometer ao detetive Walters que iria ligar para ele, caso ouvisse algo sobre o homem que conhecia como Harrison Colt, a sua escolta policial a conduziu para fora do edifício. O sol estava forte e Rachel recuou contra a luz brilhante depois de ter sido trancada na sala de interrogatório durante a maior parte do dia. Levantou a mão para proteger os olhos, quando de repente ouviu o som de pneus cantando. Antes que soubesse o que estava acontecendo, o som alarmante de tiros encheu o ar.

Algo bateu contra o seu corpo, jogando-a diretamente no chão. Ela perdeu o fôlego com o impacto, antes de ouvir o carro correndo. Rachel tentou se mover, mas o policial que tinha a empurrado para o chão não cedia. Agitando-se, finalmente conseguiu se libertar, apenas para ver uma mancha vermelha-escura aparecendo na sua camisa.

Um suspiro escapou-lhe ao ser transportada de volta para a delegacia por outros policias. Em segundos, estava de volta à sala de interrogatório, ainda mais perplexa do que antes. Ninguém estava lhe dizendo nada e o homem que devia estar de olho nela tinha acabado de ser morto em frente à delegacia.

Quando a porta finalmente abriu, Rachel voou, pronta para exigir saber o que diabos estava acontecendo. O detetive Walters levantou as mãos, indicando que era para ela se acalmar.

— Eu vou fazer isto rapidamente, porque precisamos mover você e não tenho tempo para muitas perguntas agora. Acabamos de ser contatados pela Narcóticos, depois de perguntar sobre Harrison Colt nessa manhã. Tem um homem dentro do cartel que acaba de confirmar que Harrison Colt é o contador de lá. Aparentemente, Colt tem desviado dinheiro dos chefes por um tempo e ontem foi confrontado pelo próprio chefe, Carlos Alvarez. Não sabemos muito mais neste momento, apenas que um prêmio foi colocado por sua cabeça.

— O quê? — Rachel gemeu, sentindo as lágrimas de frustração que ameaçavam correr por suas bochechas. Agarrou o colar em seu pescoço, um pingente que Harrison tinha dado a ela no dia em que se mudaram. No mesmo dia, ele a pediu em casamento.

— Estou dizendo que a sua vida está em perigo. Você é a única família que Harrison tem e, nesse momento, ameaçar a sua vida é a forma mais rápida de recuperar o dinheiro deles. Você não pode ir para casa. Será escoltada por dois agentes para uma casa-segura por essa noite, e será transferida para uma localização temporária pela manhã.

— Eu não... me desculpe, mas nada disto está fazendo sentido. Você está dizendo que eles estavam tentando me matar naquela hora?

O detetive Walters concordou com a cabeça.

— Sim, e se o agente Jenkins não tivesse levado o tiro no seu lugar, teria sido você indo para o hospital numa ambulância. Nós temos que tirá-la da vista de todos, agora!

A porta abriu e dois homens de terno preto entraram.

— O carro está à espera, detetive.

Rachel olhou para os homens percebendo o que estava acontecendo.

— Eu não tenho uma muda de roupa, a minha batedeira... — Mais tarde ela iria perceber o quão ridículo parecia perguntar por uma batedeira, mas tinha custado uma pequena fortuna de sua poupança.

COWBOY PROTETOR 13

— Infelizmente, não há tempo para buscar nada. É evidente que estão te seguindo. Você tem um celular?

Rachel concordou com a cabeça, tirando-o da sua bolsa. O detetive Walters o tirou da sua mão e abriu a parte de trás.

— Você está sendo rastreada, era assim que sabiam que estaria aqui. O mais seguro agora é ir com estes homens. Eles vão protegê-la, senhorita Lewin.

— O que quer dizer com "eles vão me proteger"? Para onde eles vão me levar?

— O seu encarregado irá te explicar tudo quando chegar ao esconderijo. Você entrará para o Programa de Proteção a Testemunhas.

Incontáveis emoções rodopiavam na mente dela. Era como se alguém tivesse acabado de puxar o tapete de debaixo dela, deixando-a caída de costas e ofegante.

— Proteção a testemunhas?

— Adeus, senhorita Lewin — disse o detetive Walters.

Rachel olhou para o homem uma última vez antes de ser escoltada para fora do edifício da polícia através da porta lateral. Assim que se fechou atrás dela, teve um pressentimento de que nunca recuperaria a vida que tinha esta manhã.

Capítulo Três

Os raios de sol estavam começando a tocar a paisagem de Whistle Creek, Montana, mas Reed Black já tinha bebido dois copos de café. Olhou de relance para as éguas brincando na grama e um sorriso começou a repuxar os cantos da sua boca enquanto ia para os estábulos.

Quem teria pensado que ele voltaria?

Desde que Reed podia se lembrar, queria ser policial. Foi para a academia da polícia logo depois da escola e conseguiu uma posição na Flórida. Chamou Miami de casa por quinze anos e as ruas tinham sido o seu parque de diversão.

Foi de novato para detetive em tempo recorde, e depois de se provar como um trunfo para o Chefe da Polícia, foi nomeado chefe de departamento dos detetives da cidade. Era a carreira com que ele sonhara em ter, a vida com a qual tinha sonhado viver, até que um telefonema mudou tudo.

O prognóstico da sua mãe tinha sido sombrio e Reed pegou férias prolongadas para voltar a Whistle Creek para tomar conta dela. Depois que sua mãe morreu, foi confrontado com a decisão impossível de permanecer no rancho, ou voltar à Flórida para se concentrar na sua carreira. Depois de uma madrugada e muito whisky, colocou o rancho à venda e regressou à Flórida.

Reed só tinha vindo a Whistle Creek para assinar na linha pontilhada, mas uma égua brincando no prado o fez mudar de ideia. Uma égua, tal como a que estava rodeando a própria mãe neste momento, que fez Reed perceber que Whistle Creek sempre seria sua casa. Ele nunca assinou a escritura de venda e nunca regressou à sua vida na Flórida.

Empurrou as portas do estábulo e entrou. O cheiro de terra, de cavalo, e de feno encheu-lhe os sentidos. Trouxe uma sensação de paz que ele não tinha experimentado durante os quinze anos em Miami. A decisão de ficar foi a correta. Reed tinha visto muitas coisas na cidade, coisas que ainda assombravam as suas noites, e depois de alguns meses de regresso ao rancho, nunca mais planejou ser um detetive.

Ao se aproximar do primeiro estábulo, riu quando a sua égua favorita relinchou suavemente por atenção.

— Você vai deixar as outras meninas com ciúmes — disse Reed, acariciando o focinho dela. Ela relinchou e chutou em êxtase antes de deixar sair um som em tom alto.

— Sim, sim, calma garota.

Olhando para o relógio, Reed calculou que tinha tempo suficiente para levá-la para uma cavalgada antes de ter que ir para a delegacia.

— Anda, vamos prepará-la para um passeio rápido.

Priscilla relinchou novamente como se compreendesse cada palavra de Reed. Ele caminhou até as selas que brilhavam da cera de abelha que tinha esfregado nelas na semana anterior. Se a posição de xerife da pequena cidade não tivesse vindo com horários flexíveis, Reed nunca teria considerado o cargo. Mas, quando o prefeito praticamente lhe implorou que tomasse as rédeas depois que o xerife anterior tinha se aposentado há dois anos, ele concordou simplesmente porque não havia mais ninguém apto para a posição.

Ser xerife ainda lhe deu tempo para criar os seus garanhões, como o seu pai tinha feito por muitos anos antes dele, e isso deu a ele a oportunidade de ainda ter uma mão na execução da lei, independente de ser em uma escala muito menor. A maior emoção que ele tinha como xerife de uma cidade pequena, como Whistle Creek, era quando os trabalhadores sazonais ficavam turbulentos demais no bar nos fins de semana.

Estava prestes a pegar uma sela quando o seu telefone tocou. Olhou de relance para a pessoa que lhe telefonou e deixou sair um suspiro. Se o agente especial Flannigan estava ligando para ele, significava que a sua cavalgada com Priscilla teria de esperar.

Pouco depois de ter sido nomeado xerife, foi contatado pelo FBI. No início, queria negar o pedido de providenciar uma casa-segura para as vítimas que entravam no Programa de Proteção a Testemunhas. Eles tinham chamado de um local temporário. Mas, depois de lhe terem explicado que nunca seria por mais do que algumas semanas e que Reed ofereceria um porto seguro para vítimas de crimes, Reed finalmente concordou. Ele tinha habilidade e espaço, por isso poderia muito bem ajudar.

— Black falando — respondeu Reed, secamente.

— Xerife Black, aqui é Flannigan. Temos um pacote indo para sua direção. Detalhes do voo serão enviados em breve. O pacote deverá ser recolhido à uma da tarde. Confirme quando recebê-lo e aguarde novas instruções. — A voz de Flannigan manteve o tom frio que sempre teve quando telefonava com instruções. Apenas uma vez Reed quis se fazer de idiota e perguntar para ele se o pacote era o seu bônus de Natal. O Natal poderia ter sido três meses atrás, mas ele podia ter esperança.

Olhando novamente para o relógio, Reed sabia que os seus planos para o dia tinham acabado de mudar. Depois de uma parada rápida na delegacia para se certificar de que tudo estava correndo bem por lá, teria que ir para o aeroporto. Eram duas horas de carro saindo de Whistle Creek; seria trabalhoso.

Verificou os cavalos e deu instruções ao seu rancheiro antes de voltar para a cabana. Embora ninguém tivesse dormido sobre os lençóis no quarto de hóspedes, colocou um conjunto de lençóis novos e abriu as janelas para deixar a brisa do verão entrar. Uma vez satisfeito que o quarto estava pronto para um convidado, tomou um banho antes de se dirigir para o aeroporto.

Esta não era a sua primeira vez acolhendo uma pessoa que entrava no Programa de Proteção a Testemunhas, e embora nada relativo à razão pela qual entraram fosse revelado a Reed, ele não pôde deixar de sentir que eram, sobretudo, bandidos e canalhas que conseguiram de alguma forma fazer um acordo de proteção no processo.

Reed não tinha de concordar, ou aprovar; apenas tinha de se certificar de que continuassem vivos quando fossem ser transferidos para a sua localização permanente. Whistle Creek era apenas uma parada rápida no caminho para as suas novas vidas.

Ele ligou a música na sua caminhonete e pegou a estrada para o aeroporto. Durante o longo caminho, não podia deixar de pensar em qual mentira diria ao povo de Whistle Creek nessa semana. Um primo vindo visitar, um antigo amigo da academia de polícia, ou talvez devesse apimentar as coisas e fingir que era uma ex-namorada tentando reacender a chama.

Ninguém em Whistle Creek conhecia a posição secreta do seu xerife e Reed se certificava de que continuasse a ser assim. No que diz respeito à população da cidade, Reed tinha apenas muitos amigos da Flórida que iam visitá-lo.

Chegou ao aeroporto ao meio-dia e decidiu tomar um café enquanto esperava por sua carga. Quando o voo pousou, pagou a conta e foi para a porta de embarque para esperar. Ele não fazia ideia de quem estava indo buscar, mas sabia que a sua carga estaria com uma placa com "xerife Black" impresso nela.

Quase toda a área de desembarque tinha sido desobstruída quando Reed reparou em uma mulher jovem de pé em um canto, olhando à volta do aeroporto com os olhos bem abertos. Uma carranca surgiu em seu rosto quando uma memória surgiu em sua mente, mas ele rapidamente a empurrou de lado. Ela era muito mais baixa do que ele e muito magra, embora tivesse curvas em todos os lugares certos. Ela usava calça jeans e um moletom preto.

A carranca de Reed se aprofundou, reconhecendo a roupa como a mesma que a maioria das suas cargas usavam em sua chegada. Quando ela pôs a mão na sua bolsa e puxou uma placa branca com xerife Black impresso nela, o coração de Reed errou uma batida.

Respirando fundo, certo de que a sua mente estava o enganando com falsas memórias, caminhou na direção dela.

— Eu sou Reed Black.

Os olhos dela se arregalaram e, por um momento, Reed teve um *flashback* de uma fogueira na praia e aqueles mesmos olhos olhando para ele cheios de desejo. Piscou e rapidamente lembrou porque estava ali, antes de estender a mão.

— R... Madison Prince. — rapidamente se corrigiu, colocando a sua mão pequena na dele. Puxou de volta, como se o toque de Reed a tivesse queimado. — O agente Flannigan disse que eu devia lhe fazer uma pergunta?

Reed concordou com a cabeça, tentando ver através da confusão de memórias na sua mente.

— Vá em frente.

— Qual é o nome da sua montaria favorita? — indagou Madison, de forma embaraçosa.

Reed já sabia que Flannigan não tinha se dado ao trabalho de explicar a razão por detrás disso.

— Priscilla. Vamos pegar a estrada, Madison, é um longo caminho de regresso a Whistle Creek.

Os olhos dela se arregalaram, mas ela não disse nada. Em vez disso, concordou com a cabeça e foi para o lado dele.

Quando Reed abriu a porta de sua caminhonete para ela, ele sabia sem dúvida que Madison Prince era a mesma garota com quem tinha passado um fim de semana memorável na Flórida, quase oito anos atrás. Só que naquela época o seu nome era Rachel, e ele se lembrava dela sendo tão doce e inocente como um anjo, não uma criminosa que fez um acordo para conseguir entrar no Programa de Proteção a Testemunhas.

Capítulo Quatro

Aquelas tinham sido as piores vinte e quatro horas da vida de Rachel; *Madison*, ela se corrigiu rapidamente. Depois que o oficial a escoltou até a casa-segura na noite anterior após ela ter visto uma prévia de uma hora de como seriam as próximas semanas da sua vida, incluindo a sua nova identidade.

Madison Prince.

Não se importou com o nome, mas sim por tirarem sua identidade, o seu negócio, os seus amigos, e a sua segurança desde que chegou em casa do supermercado na manhã anterior. Ela tinha passado uma noite agitada com dois agentes do FBI vigiando a sua porta, se perguntando o que aconteceria com ela agora.

Quanto mais ela pensava nisso, mais se sentia como uma idiota. Como ela nunca percebeu que Harrison estava mentindo sobre o seu cargo no banco, ou sobre os bônus, ou francamente, tudo, incluindo o seu nome? Como tinha aceitado se casar com ele, quando toda a sua relação foi baseada em uma mentira? De repente, se perguntou por que é que eles nunca tinham marcado uma data para o casamento.

Enquanto o relógio marcava as primeiras horas da manhã, ela pensava nos incidentes anteriores. Em retrospectiva, eram sinais vermelhos que ela tinha perdido, mas, quando aconteceram, as desculpas de Harrison tinham feito todo o sentido. Nunca ligue no trabalho, sempre para o celular dele. Sem visitas ao banco, pois os sócios ficavam irritados quando misturavam suas vidas pessoais com as responsabilidades corporativas. Nem uma única vez ela conheceu algum dos seus colegas, nem os sócios. Nenhuma festa de final de ano, sem menção de pessoas com quem trabalhava.

Madison tinha simplesmente pensado que ele era um mestre em equilibrar a vida pessoal e a sua carreira, ao contrário dela, onde todos os aspectos da sua personalidade fluíam para os dois lados, incluindo a família e amigos.

Quando o sol amanheceu no horizonte, ela se sentiu uma mulher idiota, que tinha fechado os olhos na esperança de viver um grande amor, e que no processo se envolveu com um vigarista.

Ela mal tinha notado o nascer do sol quando bateram na sua porta com um toque de cortesia.

— Senhorita Prince, está na hora de se preparar para o seu voo.

Madison se levantou e, depois de tomar um banho rápido, olhou para o seu reflexo no espelho. Ela nem sequer parecia como uma Madison.

— Senhorita Prince, estamos com o tempo curto! — a agente feminina chamou pela porta.

Madison se secou rapidamente, e vestiu-se com o jeans e o moletom que tinham dado a ela na noite anterior. O moletom era um pouco grande, o jeans era um pouco apertado, mas neste momento estavam limpos e eram a única opção que tinha.

Depois de um rápido café da manhã de torradas e café, foi instruída a colocar o capuz e conduzida para um carro preto não identificável. Ela ainda se lembrava de pensar que era tão típico do FBI, mas o pensamento rapidamente foi afastado ao ser apressada para dentro do veículo.

Quando chegaram ao aeroporto, eles não revelaram o seu destino, apenas disseram a pergunta que ela teria que fazer para o seu encarregado para confirmar que era a pessoa certa para recolhê-la.

Localização temporária? Ela ainda não sabia quão temporário seria. Será que poderia escolher sua localização permanente? Talvez pudesse escolher o seu próprio nome?

Ela tinha adormecido durante o voo apenas para acordar assustada quando o avião pousou no que parecia ser o meio do nada. Agarrando a sua bolsa, de onde tinham tirado o seu celular e documento de identidade, dirigiu-se para o terminal de desembarque. *Não era realmente um terminal*, Madison pensou, entrando na grande sala.

A última pessoa que ela esperava que a buscasse era Reed Black. Ela olhou de relance para ele, agora que estava sentada ao seu lado na caminhonete. Os seus nervos, que já tinham estado no limite, estalavam e chiavam na sua consciência. Não poderia ser o mesmo Reed Black, não é?

Lançou um olhar na sua direção e o pegou olhando para ela também. A boca dele se curvou em um sorriso presunçoso antes de começar a assobiar e voltar o olhar para a estrada.

A barriga dela roncou alto como um trovão e ela rapidamente desviou o olhar. Sem dúvida era o mesmo Reed Black. O mesmo homem que a levou à loucura durante um fim de semana sem preocupações na Flórida. Tinha sido uma viagem das meninas, mas, depois de conhecer Reed em uma sexta-feira à noite, ela mal tinha visto as outras garotas pelo resto do tempo.

Reed roubou seu coração, a levou às alturas e ela ainda conseguia se lembrar anos mais tarde. Se ainda duvidava de que era ele no terminal de desembarque, agora a dúvida tinha se evaporado quando olhou de relance para ele. Estava mais velho agora, mas os anos o fizeram bem. Sua pele estava bronzeada pelo sol e havia pequenas linhas bronzeadas nos cantos dos seus olhos. Elas não estavam lá quando Madison deixou beijos suaves sobre os seus olhos anos antes.

Seus lábios eram finos, mas Madison sabia como eles podiam deixá-la maluca. Os batimentos do coração dela começaram a acelerar, se perguntando se esta era uma estranha reviravolta do destino que a colocou em seu colo. Ele continuava tão alto quanto antes, sombrio e bonito como ela se lembrava; a única diferença eram os seus olhos. Naquela época, eles eram de um cinza tempestuoso, quase translúcidos, mas agora eram da cor do aço. Era um truque de luz, ou simplesmente se alteravam de acordo com o seu humor?

Ele virou em uma estrada de terra com uma grande placa que se lia "Rancho Black". Madison suspirou diante da beleza que a rodeava. Pastos verdes e exuberantes com cercas brancas recém-pintadas e com grandes montanhas se elevando à distância. Virou-se para olhar novamente para Reed. Ela nunca imaginou que o policial sexy com quem tinha passado o fim de semana na Flórida iria se tornar um cowboy, mas da maneira como o Stetson ficava nele, podia dizer que lhe convinha.

Os seus nervos voltaram a prestar atenção quando se virou para ela com um sorriso.

— Já esteve em um rancho antes?

Madison rapidamente negou com a cabeça.

— Não, não posso dizer que sim. — Seus olhos foram atraídos para os cavalos cavalgando nos pastos. Fortes, bonitos, e despreocupados, enquanto galopavam ao vento.

Do seu lado, Reed riu suavemente.

— Você vai se acostumar ao cheiro. — A janela dele estava baixa e o cheiro de grama, animal e uma brisa de verão entrou na cabine da caminhonete.

Madison respirou fundo e um sorriso se curvou em sua boca. A sua vida podia estar em pedaços, mas pelo menos ela poderia ficar ali durante um ou dois dias. Ao longe, avistou alguns anexos e uma grande cabana de madeira. Era tão deslumbrante quanto o rancho. Sem sequer ter perguntando, Madison sabia que a cabana estava lá há muito tempo. O jardim estava bem cuidado, embora não houvesse uma flor à vista, apenas arbustos.

Reed estacionou na frente da cabana e saiu da caminhonete sem dizer uma palavra. Precisando acalmar os nervos, Madison respirou fundo algumas vezes quando a porta ao seu lado se abriu de repente.

— Anda, vamos desfazer as suas malas.

Madison voltou-se para ele e procurou o seu olhar de aço, perguntando a si mesma se ele se lembrava dela. Os seus olhos não entregaram nada e Madison tinha quase cem por cento de certeza de que ele tinha se esquecido dela, mas ela nunca o esqueceu, nem das duas noites memoráveis que passou nos seus braços.

Ela tentou sair da caminhonete, mas, no processo, conseguiu cair para a frente diretamente sobre Reed.

— Cuidado aí — disse Reed, com uma voz que fez o seu coração saltar uma batida. Olhou de relance para ele antes de se virar para a grande caminhonete. — A sua caminhonete precisa de uma escada.

— Você precisa de pernas mais compridas — disse Reed, pondo-a no chão. Seu toque parecia um ferro quente, fazendo-a ficar superalerta. Madison recuou e endireitou o moletom. Quando olhou novamente para cima, Reed não tinha se mexido. — Eu estava errado, suas pernas têm a altura certa. — Ele lhe deu um sorriso presunçoso antes de virar e subir os degraus em direção à entrada.

Sentindo-se um pouco desequilibrada, inspirou profundamente antes de o seguir pelas escadas. Estava imaginando ou Reed Black tinha acabado de flertar com ela? Sentindo-se autoconsciente após o voo, tocou no cabelo para ter certeza de que não tinha pontas estranhas no seu rabo de cavalo enquanto ia para a entrada.

Assim que entrou na cabana, o cheiro da madeira e do polimento chegou nela. Assim como o seu dono, a cabana parecia robusta e máscula. Aqui e ali havia um toque feminino, como uma colcha sobre o sofá e as decorações na janela, mas, além disso, gritava caverna masculina.

— Eu tenho de ir ver os cavalos. Você fique aqui e desfaça as malas. Não use o telefone ou o computador. — A sua voz era firme, deixando claro que a sua palavra era lei.

Ele saiu da cabana e bateu com a porta atrás de si. Madison olhou fixamente para porta, confusa, antes de se afundar em uma cadeira.

Reed Black seria o seu protetor até nova ordem e tudo o que ela conseguia pensar era no fim de semana na Flórida. Balançou a cabeça, tentando se lembrar de tudo o que tinha acontecido nas últimas vinte e quatro horas, mas só conseguia pensar que Reed cheirava a couro — sândalo — e desejo.

Empurrou as memórias para fora de sua mente e levantou para desempacotar as suas coisas, quando se lembrou de que não tinha nada. Ela não tinha dinheiro para comprar nada. Lágrimas queimaram seus olhos, mas Madison as limpou; ela não choraria por Harrison Colt. Não choraria por um homem que tinha mentido para ela, um homem que a tinha enganado com promessas de um futuro. Um homem que a tinha arrastado para uma teia de mentiras que não conseguia sair.

Uma teia de mentiras que tinha lhe custado o seu negócio, a sua casa, os seus amigos e tudo o que possuía.

A gravidade do problema fez com que a emoção entupisse sua garganta. Se estivesse em casa agora, teria cozinhado para ganhar controle sobre algo na sua vida, mas não estava em casa e aquela não era a sua cozinha. Virou-se para olhar o cômodo estilo fazenda, impressionada ao ver que alguns dos aparelhos eram top de linha.

Atraída para a cozinha como um mosquito é atraído pelo doce aroma do sangue, Madison se levantou e começou a explorar. Antes de notar o que estava acontecendo, já tinha picado uma cebola para acompanhar o filé de carne de vaca que encontrou na geladeira. Quando a porta se abriu, Madison levou um susto tão grande que ergueu a faca para se proteger do homem a quem cozinha pertencia.

Capítulo Cinco

Reed tinha se esquecido de sua visitante até tirar o chapéu da cabeça e reparar na loira de um metro e meio segurando uma faca na sua cozinha. Não tinha certeza do que ele notou primeiro; terror absoluto no seu olhar, ou o cheiro rico que enchia a sua casa.

— Eu, hm… poderia abaixar a faca? — perguntou Reed, tentando pendurar o seu Stetson no gancho junto à porta sem se envergonhar.

Ela não tinha mudado nada, pensou ele. Ao se virar, a viu colocar cuidadosamente a faca na tábua de cortar. Apertou o maxilar e lembrou que aquela não era a mesma mulher com quem ele tinha passado um fim de semana memorável. Ela tinha se envolvido em algo sinistro para estar em sua casa agora.

Ele não se deixaria enganar pelo cheiro de uma refeição caseira ou pelo medo em seu olhar.

— Você… hm, cozinha?

Madison olhou da frigideira no fogão para a tábua de cortar e concordou com a cabeça, antes de dar de ombros, parecendo tão culpada como uma criança que foi pega com a mão no pote dos biscoitos.

— Você disse que eu devia me instalar. Eu não tenho nenhuma mala.

Ela fez a declaração como se fosse culpa sua. Reed amaldiçoou baixinho ao perceber que tinha esquecido de passar no depósito a caminho de casa. Uma vez que a maior parte das testemunhas chegava até ele sem nada, o Estado fornecia uma pequena quantia de dinheiro para vestuário e itens de higiene pessoal.

— Sim, eu me esqueci de parar no depósito. Se não estiver muito ocupada, nós podemos ir lá agora?

Madison olhou para a frigideira antes de desligar o fogão.

— Isso seria ótimo. Preciso de algumas coisas para o filé também. Tem vinho tinto?

Reed franziu o cenho. Por que ela estava mais preocupada com o vinho tinto do que com a roupa? A mulher interrompeu os seus pensamentos com uma voz suave.

— Eu não tenho dinheiro.

Reed encolheu os ombros.

— Você tem um pouco, Flannigan cuidou do assunto.

Ele podia ver a confusão no seu olhar antes de ela juntar um mais um.

— Certo, só me deixe pegar... — Olhou para a sua bolsa e abanou a cabeça. — Não importa.

O regresso à cidade foi ainda pior do que a viagem até ao rancho. Era como se a química entre eles estivesse pesando a atmosfera no carro. Reed ligou o rádio e inclinou-se para trás quando uma das suas músicas favoritas de Johnny Cash começou a tocar no rádio. Ela olhou para ele com um sorriso sexy.

— Sério, Johnny Cash? — Riu baixinho, e Reed não pôde deixar de apreciar quão sexy ela ficava quando os seus olhos azuis não estavam cheios de medo.

— Ele é uma lenda — afirmou Reed, com um encolher de ombros, entrando no estacionamento do depósito.

Em Whistle Creek não havia uma grande variedade de lojas, mas o depósito tinha tudo que alguém fosse precisar. Pegou sua carteira e tirou algumas notas antes de puxar outras. O dinheiro que o governo fornecia não passava de uma desculpa; ele não julgaria Madison por ter de escolher entre pasta de dentes ou shampoo.

— Aqui.

Entregou as notas a ela e pôs o chapéu por cima dos olhos, pondo a cabeça no encosto. Não estava cansado, mas precisava de um pouco de distância. Ela tinha estado sob seus cuidados por mais que algumas horas e ele já não conseguia pensar em nada a não ser o seu cheiro, o seu sorriso, e a forma como o seu corpo tinha se movido sob o seu, anos atrás.

Se ela se lembrava daquele fim de semana na Flórida, não transparecia isso; na verdade, parecia com medo dele.

Por baixo da borda do chapéu, ele a viu se afastar e sentiu seu sangue esquentar com a lembrança dela montada nele, usando nada além de um biquíni. Por um momento, sentiu como se estivesse de volta há oito anos, em Miami. Como se Rachel Lewin pertencesse a ele, nem que fosse só por um fim de semana.

Afastou o pensamento e mudou de posição em seu assento. A mulher que tinha acabado de sair de sua caminhonete não era Rachel Lewin, era Madison Prince, e seria bom para ele se lembrar da razão pela qual ela estava ali.

Apertou o maxilar quando ela retornou um pouco mais tarde com duas sacolas. Reed não podia deixar de franzir o cenho, pensando se ela tinha comprado roupas minúsculas ou não tinha nem se incomodado.

— Pegou tudo o que precisa? — perguntou ele, apontando uma sobrancelha para os dois sacos.

Madison concordou com a cabeça.

— Sim, só algumas coisas, vai ficar mais quente e eu não vou precisar de muito. Olhe para isso. — Com a excitação de uma criança na manhã de Natal, retirou uma garrafa de vinho. — É uma ótima safra, perfeita para fazer um molho de vinho para o filé.

Reed não conseguiu compreender metade daquela frase, mas reparou que ela estava mais animada por cozinhar o jantar do que por ter feito compras que foram pagas por outras pessoas.

— Ótimo, parece que será saboroso.

Ela riu, o som despreocupado fazendo todo o seu corpo esquentar.

— Definitivamente vai ser saboroso. Embora você pareça ser o tipo de cara que prefere whisky e cerveja.

Reed encolheu os ombros.

— Só pra você saber, não tem nada de errado com whisky ou cerveja.

— Ou vinho — Madison acrescentou, com um sorriso sexy antes de olhar pela janela e as mesmas sombras começaram a assombrar seus olhos novamente.

Pela primeira vez desde que aceitou participar do processo de entrada em Proteção de Testemunhas, Reed estava curioso sobre a razão da proteção. Ele não se dava ao trabalho de descobrir os detalhes, só se preocupava em mantê-los vivos até à próxima ligação de Flannigan, mas com Madison era diferente.

Onde uma menina séria e certinha tinha se metido para estar nessa situação?

Ele aumentou o volume na esperança de que o cheiro dela sumisse na volta. Quando chegaram ao rancho, ela saiu, sem hesitar desta vez. Depois de ela correr para a varanda, ele foi verificar Priscilla de novo.

— Aí está a minha menina — Reed cantarolou, entrando nos estábulos. — Me meti em um problema aqui, garota.

O cavalo relinchou como se quisesse que ele explicasse, mas Reed apenas suspirou.

— Não adianta te dizer se eu mesmo ainda não consigo entender.

Depois de se certificar que todos os animais estavam com água e comida pelo resto da noite, regressou para a casa. A mesa da sala de jantar foi posta e, além das batatas crocantes, havia cenouras caramelizadas e ervilhas frescas, juntamente com uma salada na mesa. Sua mandíbula quase caiu com a visão. Ele não se lembrava da última vez que tinha se sentado para uma refeição, muito menos na mesa que o seu avô tinha feito com as suas próprias mãos.

— Ótimo, você chegou na hora — comemorou Madison, levando o filé de carne de vaca fatiado para a mesa. O estômago dele roncou com o que viu. — E com fome, pelo o que eu ouvi.

Reed olhou de relance para a cozinha, que parecia que um furacão tinha passado por lá, e sabia que não iria se importar de limpá-la se isso significasse que ele poderia comer um pouco daquele filé.

— Sim, você, hm... se estabeleceu bem?

— A sua cozinha é incrível.

Ela estava balbuciando. Reed sabia que era provavelmente o nervosismo, ou ela tentando não enfrentar o que quer que tenha acontecido no dia anterior para tê-la colocado no programa.

— Obrigado. Minha mãe passava muito tempo nela, por isso costumava mimá-la em aniversários e natais. — Reed olhou de relance para a variedade de coisas na cozinha. A sua mãe mal tinha cozinhado nela duas vezes antes de falecer. Engoliu o caroço repentino na garganta e tentou se concentrar no cheiro do molho de vinho tinto.

— Ela era uma mulher de sorte. — Madison pegou um prato e montou a refeição para ele. Reed não podia usar a palavra servir, porque, quando ela pousou o prato à sua frente, parecia uma obra-prima. — Pode atacar.

Ele comeu em silêncio, olhando para ela de vez em quando, e tentando entender por que a sua presença o deixou no limite. Quando ela finalmente empurrou o prato para longe e encontrou o seu olhar, Reed sabia que era porque a química que eles tinham na Flórida ainda estava lá, só que, desta vez, ela não foi diminuída com a presença de amigos. Reed recolheu os pratos e os colocou na cozinha antes de reparar na garrafa de vinho. — Gostaria de uma taça?

Percebeu que tinha sido um anfitrião horrível. Estava com tanta fome que nem sequer tinha pensado em oferecer algo para ela beber. E rapidamente se lembrou de que aquilo não era um encontro.

— Seria ótimo, obrigada. — Madison começou a limpar a mesa e, quando terminou, juntou-se a ele na lareira.

Embora não estivesse frio à noite, Reed a acendeu de qualquer forma. Gostava do cheiro da madeira queimada, e do som das chamas crepitantes.

Colocou whisky para si e se sentou quando apanhou Madison procurando por seu olhar. Sentiu o familiar formigamento de atração em sua barriga antes de se espalhar pela virilha. Tomou um gole do whisky do Kentucky, observando-a sobre a borda do copo, e se perguntou se os lábios dela ainda teriam um sabor doce.

Ela olhou para o fogo, bebendo seu vinho silenciosamente. Não havia um som na sala, exceto a respiração deles e os troncos crepitando na lareira. Quando o seu whisky acabou, ele deixou o copo de lado e olhou para Madison.

— Você tem alguma pergunta? Sei que normalmente as pessoas que vêm para cá têm algumas.

Madison concordou com a cabeça, mas manteve o olhar nele.

— Apenas uma. Você já morou na Flórida?

Reed perdeu o fôlego. *Ela sabia*, por que ela perguntaria se não soubesse? Os seus olhos se encontraram e Reed sentiu o seu corpo reagir a ela tal como antes. As memórias daquele final de semana estavam passando pela mente dele uma a uma, até o momento em que teve que dizer adeus para ela naquele domingo de manhã. Ambos tinham concordado que uma coisa de longa distância não funcionaria e preferiram manter as coisas simples. Eles nem sequer tinham trocado números.

Ao longo dos anos, houve inúmeras vezes que Reed se arrependeu dessa decisão. Ele não respondeu a ela, mas sentiu o seu coração bater no peito; os seus dedos começaram a coçar para tocá-la novamente.

Precisando se afastar antes de fazer algo do qual iria se arrepender, ele se levantou.

— Boa noite, Rachel.

Ele não viu a boca dela cair, mas a ouviu ofegar, surpresa.

Capítulo Seis

Madison acordou com o canto dos pássaros lá fora. Os seus olhos se abriram e um sorriso se formou no seu rosto quando viu as cortinas abertas e reparou em dois passarinhos voando em frente à janela.

Esse sorriso rapidamente se desvaneceu quando lembrou o que tinha acontecido na noite anterior. Ela queria pegar Reed desprevenido com a sua pergunta; em vez disso, ficou perplexa com a resposta dele. Quando ele a chamou de Rachel, sua boca caiu, as memórias do seu fim de semana juntos passando pela mente dela. Ele a deixou na sala de estar completamente confusa e mais do que um pouco fora dos eixos. Ela não sabia o que estava esperando, mas não esperava que ele olhasse para ela com aqueles olhos cinzentos, como se pudesse ver através dela, como se a tivesse despido apenas com o olhar.

Flannigan deixou perfeitamente claro que ela já não era Rachel Lewin, mas ontem de noite, por um momento, ela não pôde deixar de admitir que o seu nome nunca tinha soado tão bem.

Empurrou os cobertores e levantou. Não esperava dormir bem, mas tinha dormido como uma pedra. Não iria se deixar acreditar que era porque Reed estava na casa. Independente do seu modo acelerado e da forma como os seus olhos metálicos a faziam derreter, ela se sentia segura com ele. Madison vacilou quando teve um *flashback* do policial levando um tiro ao tentar protegê-la. Não podia deixar Reed se envolver no caos que a sua vida tinha se tornado.

Depois de um banho, amarrou o cabelo em um coque desarrumado e desceu as escadas. Encontrou Reed na cozinha, contemplando o jornal no iPad enquanto bebia café. O responsável xerife perante ela não era nada como o jovem policial surfista de quem se lembrava. Ele era maduro, bonito e, de alguma forma, ainda mais atraente do que antes. Ontem à noite, ela tinha tentado se convencer de que a versão mais velha e cowboy de Reed não era tão atraente quanto o jovem surfista Reed, mas agora essa teoria já não se aplicava.

A sua barriga se emaranhou numa bola apertada de nervoso. O cheiro da loção pós-barba de Reed chegou nela e ela salivou. Agora que o elefante branco tinha sido abordado, Madison não conseguia deixar de ficar ansiosa quanto ao que o dia traria. Será que ela deixaria Whistle Creek hoje? Por alguma razão, ainda não queria ir embora, queria um pouco mais de tempo com o mistério que era o homem diante dela. Queria saber como é que ele tinha se tornado xerife de uma cidade pequena e como tinha passado de policial novato e surfista a um cowboy de rancho.

Reed olhou por cima do seu ombro e a tirou de seus pensamentos.

— Dormiu bem? Algumas pessoas já se queixaram de que o colchão era duro demais.

Os olhos dele procuram os dela antes de descerem preguiçosamente pela calça jeans e a camiseta que ela usava. Por um momento, Madison desejou ter comprado alguma maquiagem. Por que é que ela não carregava um kit de maquiagem na bolsa de mão como a maioria das mulheres?

Madison negou com a cabeça.

— Estava perfeito, obrigada. — Foi até a cafeteira e serviu um copo, sentindo as suas terminações nervosas se acenderem por todo o corpo conforme Reed a seguia com um olhar cinzento.

Ela se manteve de costas para ele enquanto terminava o café. Não conseguia olhar para ele nessa manhã, não porque se arrependia do fim de semana na Flórida, mas porque, de alguma forma, entre em chegar a Whistle Creek e dormir debaixo do telhado de Reed, a realidade da sua situação tinha ficado perfeitamente clara para ela. Ela nunca mais voltaria a ser Rachel Lewin e era tudo culpa de Harrison. Um suspiro lhe escapou antes de se virar e colocar o copo na pia.

— Vou dar um passeio — anunciou, saindo da cabana.

Estava um dia fresco, mas Madison sabia que iria aquecer durante a manhã. Esfregou os braços bruscamente e começou a caminhar em direção a um dos pastos. Enquanto caminhava, tentou entender como tinha sido cega para não ver quem e o que Harrison realmente era. As reuniões noturnas com o "conselho", as duas férias caras no México. O noivado também era apenas mais uma das suas mentiras?

Um suspiro escapou dela enquanto as memórias se amontoavam. Todos os sinais estavam lá — se ela soubesse, teria reparado neles, mas não sabia. Tirando ter prometido o mundo para ela, Harrison a tinha enganado para pensar que eles tinham algo, enquanto ela foi apenas o seu disfarce. Sentiu-se como uma tola por não saber, como se tivesse falhado consigo mesma. Uma lágrima escorregou por sua bochecha e ela a secou rapidamente. *Não iria chorar por Harrison*, ela se repreendeu. Respirando fundo, franziu o cenho. Em algum momento ela realmente tinha amado Harrison?

Ela tinha gostado dele, muito. Harrison era encantador, mas o amor...?

Madison esperou pela dor no coração começar, sabendo que provavelmente nunca mais iria vê-lo, mas não começou. Um franzindo surgiu em sua sobrancelha enquanto tal percepção a atingia entre os olhos. Era difícil admitir que esteve prestes a passar o seu futuro com um homem que nem sequer amava. No início, ele a cortejou com flores e textos sensuais, e as coisas apenas pareciam acontecer por si só. Antes de perceber, já tinha ido viver com ele e tinham ficado noivos. Nem uma vez ela parou e fez a si própria a pergunta que agora percebeu que poderia ter evitado toda esta confusão: por quê? *Tinha sido confortável*, Madison admitiu, com pesar.

Não estava chorando por Harrison, estava chorando por Rachel Lewin. Por causa de Harrison, ela acabou de perder a sua identidade, o seu negócio e todos os seus amigos. As emoções só saíram dela, o seu rosto encharcado com lágrimas até que finalmente não restava uma sequer para chorar.

Madison observou enquanto o sol subia mais alto no céu e desejou nunca ter conhecido Harrison, em primeiro lugar. Ela ainda não conseguia entender como é que o homem com quem vivia era um contador de um cartel. Agora que pensou nisso, Harrison sempre foi tranquilo, ela simplesmente não percebeu que ele era astuto o suficiente para enganá-la com as suas mentiras.

Seus dedos tocaram no colar em volta de seu pescoço; era essa outra mentira? Ele tinha lhe dado há um pouco mais de um ano. Era simples; o pingente era bonito na sua simplicidade, mas Madison adorou. Por um momento, considerou jogá-lo fora, mas decidiu não fazer isso. Era tudo o que lhe restava da pessoa que ela tinha sido há dois dias.

Virou-se, olhou de volta para a cabana e não pôde deixar de se perguntar como tinha recusado um homem como Reed apenas para se envolver com Harrison. Claro que ele era atraente e eles tinham alguma química, mas ontem à noite, quando Reed olhou para ela, Madison se lembrou da sensação de sentir química de verdade.

COWBOY PROTETOR

Os joelhos fracos, da boca salivando, química de tirar o fôlego. O tipo onde os seus batimentos começavam a acelerar, ao mesmo tempo em que se perdia o fôlego. Onde suas terminações nervosas se acendiam ao longo da sua pele como se estivesse com o calor descendo pela barriga. Ela não conseguia se lembrar de sentir isso com Harrison, ou com qualquer outra pessoa.

Inspirando profundamente, Madison secou as lágrimas do seu rosto, se virou e voltou para a cabana. Em vez de subir a entrada, caminhou na direção dos estábulos. Não tinha passado muito tempo com cavalos antes, mas estava curiosa para vê-los de perto. A porta para os estábulos estava aberta quando se aproximou. O cheiro de feno e cavalo a alcançaram e trouxeram um sorriso para o seu rosto. Ela nunca tinha estado num rancho antes, era uma garota da cidade, mas havia algo sobre o rancho de Reed e o campo que acalentou a alma despedaçada dela.

Em vez de ir mais longe e dar uma olhada nos cavalos, foi para fora dos estábulos novamente. Por alguma razão, tomar conta da cozinha de Reed parecia ser certo, mas visitar os seus cavalos a fez sentir como se estivesse ultrapassando alguns limites.

Capítulo Sete

Depois de deixar Madison com instruções estritas para não sair de casa, Reed foi para a delegacia. Como ele mal havia estado no escritório no dia anterior, havia algumas coisas que precisavam de sua atenção, mas nenhuma exigia o suficiente para tirar sua atenção da mulher em sua casa.

Embora pensasse nela como Rachel, a loira animada de oito verões atrás, sabia que usar seu nome verdadeiro não só a colocaria em perigo, mas a si mesmo também. Então Reed obrigou-se a seguir o protocolo e chamá-la de Madison. O nome parecia muito longo, errado, não era ela.

Mas empurrou o pensamento de lado e tentou se concentrar em seu trabalho. Na hora do almoço, estava ansioso para voltar para casa. Tentou se convencer de que era porque tinha uma carga que precisava proteger, não porque queria ver Madison novamente.

Na noite anterior, quando disse o nome dela, a expressão em seu rosto tinha sido impagável. Ele havia subido as escadas para seu próprio quarto, mas passou a noite se revirando ao se lembrar do fim de semana que compartilharam. Reed nunca teve o que algumas pessoas chamariam de relacionamento, não só porque seu trabalho era exigente na Flórida, mas também porque nunca conheceu uma mulher que pudesse ultrapassar a forte impressão que Rachel havia deixado nele, naquele final de semana.

Ela era inteligente, engraçada, sedutora, sexy como o inferno e tinha um jeito de olhar para ele que o levou à loucura. Embora ainda fosse a mesma garota, agora havia sombras em seus olhos azuis. Reed sabia que não era seu trabalho afastá-las, mas não podia deixar de querer que fosse.

Para ser honesto, seu maior arrependimento foi dizer adeus naquele fim de semana e não ter pegado o número dela. Mas aquilo estava no passado, e isto era o agora. Ele não conseguia entender com o que ela tinha se envolvido para se colocar na proteção a testemunhas, mas sabia que não podia confiar nela.

Isso não significava que ele não a queria.

Reed voltou para casa no início da tarde. Embora controlasse seu próprio horário, sempre se sentiu obrigado a dar a Marlene, sua secretária, um motivo para sua saída antecipada. Esta tarde tinha sido que ele precisava verificar um potro. A mentira tinha gosto azedo em sua língua, mas proteger a testemunha era de extrema importância agora.

Embora houvesse um potro na fazenda, Marlene não saberia que o potro não precisava da atenção dele. Dirigiu para casa, seus dedos batendo no ritmo da música enquanto se perguntava o que iria encontrar quando chegasse.

Madison não parecia querer se aventurar fora de casa; na verdade, ela parecia completamente à vontade passando a maior parte do tempo em sua cozinha. Estacionou do lado de fora e, assim que desceu da caminhonete, o cheiro da comida dela o alcançou.

Um suspiro pesado escapou dele enquanto lutava uma batalha interna. Não queria ser encantado com sua comida ou seu sorriso, mas de alguma forma ela estava conseguindo fazer as duas coisas. Conseguiu identificar o cheiro de alho e tomate com nuances de ervas, que chegou até ele antes mesmo de abrir a porta da frente.

Reed não pôde deixar de se sentir irritado; ele nunca sentiu como se uma testemunha estivesse invadindo o seu espaço, mas com Madison era diferente. Seu perfume pairava no banheiro de manhã quando foi escovar os dentes. Ele podia ouvi-la cantarolando enquanto tomava banho na noite anterior. Ela o incomodava, como nenhuma mulher o incomodou antes.

Olhou para a cozinha, onde ela estava imersa em pensamentos, mexendo em algo no fogão. Sua virilha se agitou e Reed sabia que tinha que sair para clarear a cabeça. Por um momento, considerou perguntar a ela o que estava em sua mente, mas se conteve a tempo. *Não se envolva*, Reed se corrigiu, antes de girar nos calcanhares e ir para o lado de fora.

Durante o resto do dia, ele mexeu nos estábulos. As mãos cuidaram de tudo, mas Reed procurou por pequenas tarefas para se impedir de ir para a casa. Um pouco depois das quatro, ele selou Priscilla e a levou para uma corrida. Eles saíram do quintal através do primeiro portão, antes que chutasse seu flanco e cedesse às rédeas. Priscilla correu como um foguete, relinchando de alegria enquanto o vento puxava sua crina.

Reed sentiu a risada borbulhar em sua garganta, apreciando a pressa tanto quanto a sua égua. Mas hoje nem mesmo o vento ou o galope acelerado de

Priscilla conseguiram limpar as teias de aranha de sua mente. Ele alcançou o cume e olhou seu rancho. Nunca quis compartilhar sua vida ou o seu espaço, mas algo sobre ter Madison em sua casa o fez se sentir diferente.

Ele se virou e olhou para trás, desejando que ela estivesse ali. Gemeu baixinho antes de virar Priscilla e voltar para os estábulos. Quando a égua esfriou e a sela foi colocada de lado, o sol já estava se pondo.

Voltou para a casa com um andar calmo, desejando que ela não tivesse que ser tão atraente. Não que se vestisse para atraí-lo, ou mesmo flertasse com ele; era como se ela fosse atraída por ele. Assim que entrou, Madison colocou uma tigela de salada na mesa.

— Bom, você chegou na hora. — Ela o cumprimentou com um sorriso. — Eu estava com um desejo muito grande por uma lasanha assada, espero que não se importe.

Reed gemeu, ele tinha um desejo muito grande também, mas não por lasanha.

Parecia errado, muito doméstico, pensou, enquanto se sentava à mesa e Madison lhe servia um prato. Reed comeu, embora não tenha conseguido sentir gosto de nada.

— Você não gostou da comida? — Madison perguntou para ele, os olhos arregalados.

Reed olhou para baixo e percebeu que mal havia tocado na comida.

— Está ótimo — disse rispidamente, antes de pegar outra garfada da lasanha mais sensacional que já tinha provado em sua boca.

Ele manteve a conversa no mínimo e só ficou até terminar o prato.

— Eu estou com… uma dor de cabeça. Estou subindo — Reed disse, afastando-se da mesa. — Vou limpar de manhã.

Madison rapidamente negou com a cabeça.

— Eu baguncei, eu vou limpar.

Ele estava prestes a discutir, mas desistiu da ideia. Quanto mais cedo se afastasse dela, melhor. Concordou com a cabeça uma vez antes de correr escada acima para a segurança de seu quarto.

Normalmente, quando Flannigan mandava alguém para ele, demorava uma ou duas semanas para os locais permanentes serem classificados; desta vez, Reed não tinha certeza se seria capaz de suportar duas semanas tendo Madison em sua casa.

Ela já estava lá há tanto tempo quanto o fim de semana na Flórida tinha durado, e a necessidade de tocá-la o estava deixando louco. Deitou-se

COWBOY PROTETOR 35

na cama e navegou sem pensar pelos canais até que a ouviu se retirar para seu quarto. Esperou mais uma hora, para ter certeza que ela estava dormindo, antes de descer para pegar um copo d'água.

Desceu as escadas no escuro e tateou a sala de estar até entrar na cozinha. Sua mão foi para o interruptor de luz quando ouviu um choro. Ele se virou e viu Madison parada na pia com um copo d'água na mão, vestindo nada além de uma camiseta. Desviou o olhar de suas coxas. Reed se lembrava de ter beijado aquelas coxas até ela gritar seu nome. Podia ver as pontas escuras de seus seios através da camisa branca fina e gemeu enquanto se virava para a geladeira.

— Não me lembro de você ser tão mal-humorado. Aquele surfista despreocupado ainda está aí em algum lugar ou você o abandonou quando se tornou um fazendeiro? — Madison perguntou atrás dele.

Até o som de sua voz fez sua virilha doer. Reed olhou para o conteúdo da geladeira e sabia que a água não aliviaria a sede que ele sentia agora. Fechou a porta com força e se virou para encontrar seu olhar azul sobre ele. Ela pousou o copo ao lado, segurando seu olhar, e umedecendo seus lábios com a língua.

Sabia que era uma má ideia, mas já tivera muitas ideias ruins antes. Ele também já pegou o que ele queria, e agora era uma dessas vezes. No tempo que levou para seus olhos se arregalarem, Reed fechou a curta distância entre eles. Ele esmagou sua boca contra a dela, capturando seu suspiro de surpresa. Ela tinha gosto de memórias e sedução quando ele deslizou sua língua dentro de sua boca.

Ele se familiarizou com o gosto dela; deixou suas mãos explorarem as curvas ao longo do corpo. Sua pele estava quente, sua boca tinha um gosto doce e Reed sentiu a necessidade que sentia desde o momento em que ele pôs os olhos nela ficar fora de controle.

Deu um passo para trás como se ela o tivesse esbofeteado. *O que diabos estava fazendo?* A cara dele transformou-se em uma carranca, mesmo enquanto tentava recuperar o controle de seu corpo.

— Ponha alguma roupa, você está procurando por problemas andando por aí assim, Maddy. — Virou-se e começou a se afastar quando ouviu a voz dela atrás dele.

— O orçamento não permitia pijamas — ela gritou atrás dele, um pouco sem fôlego.

Reed grunhiu enquanto subia as escadas de dois em dois degraus.

De onde ele tinha tirado Maddy? *Combinava mais com ela do que Madison*, pensou, ao chegar ao primeiro andar.

Assim que chegasse em seu quarto, ligaria para Flannigan e diria a ele para tirá-la de seu caminho. Mas, no momento em que entrou lá, soube que não faria a chamada.

Madison pode ter se colocado em apuros, mas por algum motivo Reed sentiu a necessidade de protegê-la. Não conseguia suportar a ideia de ela se machucar e sabia que, quanto mais perto dele, mais segura ela estaria. Seu raciocínio não fazia sentido, mas ele não se importava — tudo o que importava agora era tentar descobrir por que seu gosto e a sensação de seu corpo contra o dele o levava à loucura como nenhuma mulher havia feito.

Ele tinha tantas perguntas, mas sabia que fazê-las só o envolveria ainda mais. Acabou de cruzar todas as linhas ao beijá-la, e não podia se dar ao luxo de cruzar mais nenhuma. Eles podiam ter uma história juntos, mas isso não significa que teriam um futuro.

Uma vozinha no fundo de sua mente o lembrou de que eles tinham o presente, mas Reed abafou aquela voz, aumentando o volume da televisão e assistindo um programa sobre o deserto ártico. Tentou se concentrar, embora soubesse que teria outra noite agitada com Madison a apenas algumas portas de distância.

Quando fechou os olhos, pode imaginar sua camisa subindo contra suas coxas. Ele queria ser os lençóis em que ela se enrolou, queria ser a camisa que se agarrava ao seu peito, queria deixá-la louca até que gritasse seu nome.

Ele se mexeu na cama, tentando ficar confortável, mas como poderia estar confortável se ela estava tão perto e completamente fora de alcance?

CAPÍTULO OITO

Madison esperou para ouvir o clique da porta dele antes de subir as escadas. Assim que fechou a sua atrás de si, soltou a respiração que ela nem sabia que estava prendendo.

Maddy.

Um sorriso apareceu nos cantos de sua boca, enquanto seus dedos roçavam seus lábios onde ele tinha acabado de beijá-la. Este foi o pior momento que ela poderia ter escolhido para se reconectar com uma antiga paixão, mas não podia se arrepender de ter beijado Reed. Ele acendeu seu corpo inteiro com um único beijo, ela estava com um turbilhão de necessidade e seu corpo doía pelo toque dele.

Não tinha a intenção de persuadi-lo com seu comentário, mas não podia negar que não gostou do resultado. Quando ele se afastou, ela sentiu sua falta instantaneamente.

Ele a chamou de Maddy. As pessoas só usavam apelidos para pessoas de quem gostavam, certo? Ela não gostava muito de Madison, mas poderia se acostumar a ser chamada de Maddy. Especialmente por um homem como Reed.

Quando ele a repreendeu sobre sua roupa, ela sentiu um arrepio percorrer sua espinha no olhar irritado em seu rosto. Queria beijá-lo, e ver os olhos cinza-aço suavizarem com o desejo.

Mas Reed não ficou para isso. Ele fugiu para o andar de cima e Maddy sabia que deveria ser grata por isso, mas desejou que o beijo nunca tivesse parado. Podia se lembrar da forte atração que sentiu por Reed na Flórida, podia até se lembrar do fim de semana cheio de desejo que compartilharam, mas não conseguia se lembrar de ter sido tão avassalador. Por um momento, ele a ajudou a esquecer sobre Harrison, o cartel, a ameaça sobre a vida dela. Por um momento, foi aquela garota na Flórida novamente, sem nenhuma preocupação no mundo.

Soltando um suspiro, caminhou até a cama e deslizou para baixo dos lençóis. Desejou que o momento tivesse durado mais; o suficiente para que suas mãos acariciassem suas costas, para se aventurar em sua bunda perfeita. Rolou para o lado, tentando afastar os pensamentos de sua mente, mas, em seus sonhos, explorou todas as possibilidades do que poderia ter acontecido na cozinha se Reed não tivesse recuado.

Quando desceu na manhã seguinte, havia um bilhete na máquina de café instruindo-a a ficar em casa e que ele já havia partido para a delegacia. Maddy não tinha certeza se ficou aliviada ou desapontada por não poder compartilhar um café com ele pela manhã.

Talvez fosse melhor que ele não estivesse lá, simplesmente porque teria sido estranho. Olhou ao redor da cabana dele e se perguntou o que faria pelo resto do dia. Por um momento, foi tomada por uma sensação de perda por tudo que tinha deixado para trás em Santa Monica. Se estivesse em casa agora, estaria cozinhando para um cliente, ou entregando o bolo que teria feito no dia anterior. Olhou para a cozinha e se perguntou se não deveria se dar ao luxo de assar um pouco, antes de mudar de ideia.

Um suspiro escapou dela quando percebeu que havia usado a cozinha dele o suficiente depois de apenas estar lá por dois dias. Madison preparou um rápido café da manhã com torradas e chá, e comeu em um assento no balcão de café da manhã. Enquanto comia, não pôde deixar de notar a fina camada de poeira na parte de cima da lareira. Embora estivesse claro que Reed mantinha seu lugar bem arrumado, especialmente para um cara, Madison adivinhou que se passaram semanas, talvez até meses desde que o local teve uma limpeza adequada.

Depois de enxaguar o prato, procurou até encontrar o material de limpeza. Desde que não podia imaginar Reed espanando e polindo, imaginou que ele tinha uma faxineira, ou pelo menos tinha há um tempo. Com algo para fazer, começou a trabalhar. Enquanto limpava, ficou intrigada com os vários itens em exibição. Alguns eram bem caros, como o cavalo de cristal na lareira, outras quase não tinham valor; mas Madison entendeu que o sentimento não tem valor em dólares pra ele. Parou na estante e um sorriso curvou os cantos de sua boca quando reconheceu um troféu de rodeio. Estava aprendendo mais sobre Reed simplesmente limpando sua casa. Parecia que ele era um ávido participante de rodeio há um pouco mais de doze anos. Medalhas, troféus de montaria em touro, juntamente com certificados de rodeios estavam por toda a estante. Talvez Reed não se importasse mais com eles, mas estava claro que sua mãe ficou muito orgulhosa.

Após cerca de trinta minutos limpando todos os itens da estante, foi para o móvel da televisão. A seleção de DVDs dele foi o que ela esperava, muitos filmes de ação e crime, mas ela não esperava música Blues em sua coleção de CDs.

Madison escolheu um CD dos 100 melhores country favoritos e colocou-o no aparelho. Um sorriso curvou sua boca enquanto a música country enchia o ar. Embora Madison nunca tenha gostado de *honky-tonk* antes, era curiosamente apropriado, dada a sua localização. Logo ela estava cantando enquanto limpava.

Quando o telefone tocou, olhou para ele com desconfiança antes de abaixar o volume da música. Reed não tinha mencionado nada sobre ela atender ao telefone, e poderia até ser ele ligando para ela. Caminhou timidamente em direção ao telefone e, ao sétimo toque, finalmente o pegou.

— Alô?

Ela ouviu um suspiro pesado do outro lado da linha.

— Você não deveria estar atendendo ao telefone.

Maddy franziu a testa, não era Reed do outro lado, mas claramente o homem sabia quem ela era. Esperou que ele explicasse e soltou um suspiro de alívio quando o fez.

— É o agente especial Flannigan. Estou falando com a Madison?

Maddy concordou com a cabeça antes de responder:

— Sim, sou eu.

— Em primeiro lugar, não atenda o telefone. Reed deveria ter dito isso a você, mas uma vez que você já está na linha, era você que eu estava procurando de qualquer maneira. Recebemos novas informações sobre Harrison. Parece que ele andou roubando do chefe do cartel há bastante tempo. Nossas fontes nos informam que no último ano Harrison roubou mais de cinco milhões dólares. Você saberia onde ele teria guardado essa quantia de dinheiro?

Maddy sentiu sua cabeça começar a girar, enquanto seus joelhos se dobraram sob ela. Sentou no chão com o telefone no ouvido e suspirou.

— Cinco milhões de dólares?

— Isso. Aparentemente, alguns dias atrás, ele recebeu um aviso para devolver o dinheiro ou ele enfrentaria as consequências. Quando ele não devolveu, o cartel enviou seus homens para procurá-lo.

— O apartamento — disse Maddy, derrotada. Ela balançou a cabeça, lutando para compreender como Harrison poderia estar em posse de cinco milhões de dólares sem ela saber.

Cinco milhões de dólares em dinheiro.

— Colocaram um preço por sua cabeça, Madison. Até que o cartel encontre seu dinheiro, você é a única vantagem que eles têm sob Harrison. Como ele não tem família, eles vão chegar a você, para chegar até ele. É imperativo que você seja discreta enquanto estiver em Whistle Creek. Você e Black precisam inventar uma história de por que estão aí. Assegure-se de que não divulgue detalhes do seu passado a ninguém! Ninguém é confiável, está me ouvindo?

— Tudo bem.

— Antes de eu deixar você ir, estamos ocupados escolhendo um local permanente para você. Mas até então preciso que pense em todos os lugares que Harrison pode ter ido para se esconder. Ou onde ele pode ter guardado o dinheiro. Se não acabarmos com isso silenciosamente, o cartel virá atrás de você com armas em punho, entende a gravidade da situação?

Maddy concordou com a cabeça, embora não tivesse certeza se poderia entender como ela esteve com um homem que conseguiu esconder tudo isso dela.

— Só tínhamos o apartamento. Não sei onde ele teria escondido o dinheiro. Quanto a onde ele pode estar se escondendo, ele uma vez mencionou amigos em Napa Valley. — Madison soltou um suspiro pesado. — Me desculpe por não pode ser de mais ajuda.

— Sei que você deve estar sobrecarregada no momento, tire alguns dias para pensar sobre isso. Se se lembrar de alguma coisa, peça ao xerife Black para me ligar. Preciso te perguntar outra coisa também. Você estaria disposta a testemunhar assim que rastrearmos Harrison? Precisamos saber que podemos contar com você em troca de sua proteção.

— Mas eu não sei de nada. — Madison balançou a cabeça. — Isso significa que você não pode me proteger?

Flannigan suspirou.

— Você sabe mais do que imagina. Vamos precisar de verificação em algumas datas e outras informações, posso dizer agora que se começarmos a fazer as perguntas certas você vai perceber o quanto realmente sabe.

— Acho que vou tentar testemunhar então — Madison concordou.

— Ótimo, aguarde um pouco em Whistle Creek, entrarei em contato.

Maddy desligou o telefone, mas não se preocupou em se levantar do chão.

Cinco milhões de dólares. A quantidade se repetia continuamente em sua mente enquanto tentou imaginar onde Harrison poderia ter escondido o dinheiro.

Maddy finalmente se levantou, mas não conseguia se controlar. A gravidade da situação e o perigo em que estava finalmente penetraram em sua mente. Dirigiu-se para o quarto, fechou a porta e desabou na cama, aos prantos. Não sabia por quanto tempo chorou ao tentar se lembrar de qualquer coisa que pudesse ajudar o FBI a encontrar Harrison. Quando ouviu uma batida em sua porta, soltou um suspiro, sabendo que não queria enfrentar Reed com o rosto todo molhado e devastada.

— Maddy? — Sua voz soou gentil, e Madison não queria nada mais do que correr para os seus braços e chorar em seus ombros.

— Estou bem, logo vou descer — disse ela, embora pudesse ouvir a emoção em sua própria voz.

A porta se abriu lentamente e Reed entrou. Procurou o rosto dela antes de deixar sair um suspiro.

— Flannigan me ligou.

Maddy concordou.

— Eu sei, não deveria atender ao telefone.

— Não era isso que eu ia dizer. Ele estava preocupado que você pudesse estar chateada. Claramente ele estava certo — Reed apontou, enfiando as mãos nos bolsos.

Maddy encolheu os ombros.

— Eu posso estar um pouco chateada.

A lágrima escorregou por sua bochecha antes que pudesse detê-la. Não queria chorar na frente de Reed, mas não conseguiu parar a enxurrada de lágrimas que começou a escorrer sobre o próprio rosto.

Reed foi até a cama e a puxou para seus braços. Seu ombro era macio, ele cheirava a cavalos e sândalo. Enterrou o rosto em seu peito e chorou.

Quando as lágrimas finalmente diminuíram, olhou para cima para encontrar um olhar cinzento fixo nela.

— Você vai superar isso.

Maddy deu uma risadinha irônica.

— É difícil acreditar nisso agora.

— Apenas espere, você terá uma vida nova em alguns dias. — Ele foi para trás e ergueu o queixo dela com o dedo. — Apenas mantenha seu queixo erguido, essa é a garota que eu lembro.

Reed saiu do quarto e fechou a porta atrás de si, fazendo outra lágrima deslizar sobre sua bochecha. Será que algum dia ela seria aquela garota despreocupada que passou o fim de semana com Reed na Flórida de novo?

Capítulo Nove

Desde que beijou Maddy naquela segunda noite na cozinha, Reed tinha feito um esforço para não chegar muito perto dela novamente. Fazia uma semana desde sua chegada em Whistle Creek, e Reed sabia que Flannigan telefonaria a qualquer momento para confirmar sua partida. Ele não ansiava por isso, mas sabia que, quanto mais cedo ela fosse, melhor seria para os dois.

Nos últimos dias, como se por um acordo silencioso, eles ficaram fora do caminho um do outro tanto quanto possível. Reed passava as manhãs na cidade e as tardes no rancho, e só ia para a cabana no início da noite. Ela cozinhava na maioria das noites, e embora Reed estivesse curioso sobre o amor dela por cozinhar, evitou fazer perguntas pessoais. Não queria se envolver, mas sabia que já estava mais envolvido do que gostaria.

Era sexta-feira de manhã e ele estava no escritório definindo o calendário de patrulha da semana seguinte, quando seu celular começou a tocar no bolso.

Reed olhou para o visor de chamada e sentiu seu coração despencar para o chão.

Era Flannigan, e a ligação só poderia significar uma coisa. A localização permanente de Madison tinha sido definida. Ele foi para a sala dos fundos, onde sabia que nem os seus policiais nem Marlene ouviriam a conversa, e atendeu ao telefone.

— Black falando.

— É o Flannigan. Aconteceu um problema com a proteção do local permanente de Madison. Já que não temos nenhuma informação viável que nos motive a colocá-la no Programa de Proteção a Testemunhas, o local ainda não foi garantido.

— Isso significa que você está a extraindo? — Reed perguntou, confuso. Ele não sabia os detalhes do caso, ou o motivo pelo qual ela precisava

Milan Watson

de proteção, mas certamente tudo isso foi descoberto antes de ela ser enviada para ele?

— Não. — Flannigan soltou um bufo do outro lado da linha. — São apenas detalhes. Ela precisa de proteção, mas há apenas um pequeno atraso na entrega da papelada. Ela vai precisar ficar aí por mais algumas semanas, pelo menos.

Reed abriu a boca para discutir, mas a fechou novamente. Se Madison estava com problemas, então ele preferia tê-la sob seu teto do que se perguntar se ela estava segura.

— Você contou a ela?

— Não. — Flannigan deu uma risadinha. — Ela não está atendendo o telefone na sua casa.

Reed não pôde deixar de sorrir. Madison não era do tipo obediente, mas pelo menos estava obedecendo a instrução.

— Vou repassar a informação para ela.

Reed encerrou a ligação e voltou para o escritório, apenas para encontrar Marlene esperando lá por ele.

— Tudo certo pra hoje à noite?

Reed franziu a testa tentando descobrir o que estava acontecendo esta noite, quando Marlene começou a rir.

— Eu sabia que você tinha esquecido. Paul e eu vamos sair para um churrasco esta noite, lembra?

Marlene e seu marido Paul se tornaram bons amigos desde que ele virou o xerife de Whistle Creek. Eles geralmente faziam um churrasco juntos todas as sextas-feiras à noite, e Reed tinha cancelado na semana anterior por causa de Madison. Esperava que ela já tivesse ido embora. Passou a mão pelo cabelo preto e soltou um suspiro.

— Na verdade, eu tenho companhia.

Ele esperava que Marlene entendesse a dica, mas, em vez disso, seus olhos brilharam como o quatro de julho.

— Companhia, isso soa sinistro. Alguém que conhecemos?

Reed balançou a cabeça, sabendo que este seria um daqueles momentos em que teria que mentir para proteger a identidade de uma testemunha.

— Uma velha amiga vinda da Flórida. Chegou ontem. Não tenho certeza se ela irá querer companhia.

Marlene ergueu uma sobrancelha e um sorriso provocador se formou em sua boca.

COWBOY PROTETOR

— Reed Black, esta não é uma amiga qualquer, é? Esta é uma paixão antiga, o que poderia ser razão para não nos contar que ela estava vindo visitar.

Reed sabia que tinha duas opções. Ele poderia ser rude e dizer a Marlene para cuidar da própria vida, ou poderia jogar junto e tirá-la de suas costas. Já que eram bons amigos, não parecia certo ser rude.

— Acho que ainda podemos ter aquele churrasco. Seis horas está bom para você?

Marlene concordou com a cabeça, a animação brilhando em seu olhar.

— Mal posso esperar, estou ansiosa para conhecê-la.

Reed gemeu quando Marlene saiu de seu escritório. Ele verificou a hora e decidiu ir para casa para atualizar Maddy. Se iam fazer isso, ela precisava estar preparada.

Ele a encontrou lendo na varanda quando chegou em casa. Encostou-se em um dos postes, feliz em ver que a sombra de alguns dias atrás deixou seu olhar.

— Tem um minuto? Tenho algumas coisas que preciso discutir com você.

Maddy fechou o livro e se virou para ele com uma sobrancelha levantada.

— Então vamos discutir.

— Aparentemente, houve uma confusão com a sua localização permanente; parece que você vai ficar aqui por um tempo ainda. Flannigan me ligou esta manhã e disse que resolveu, mas a papelada vai levar algum tempo.

Maddy suspirou pesadamente e balançou a cabeça.

— Ótimo, no limbo por mais algumas semanas. Você sabe o que é não ter mais uma vida? E não saber onde sua próxima vida será? Parece algum tipo de piada doentia sobre reencarnação.

Reed não pôde deixar de rir de seu raciocínio.

— Poderia ter sido pior, você poderia ter sido morta.

Maddy encolheu os ombros.

— Sim, acho que há lugares piores para se estar no limbo do que aqui. — Examinou o rancho com apreciação em seu olhar. Por um momento, Reed se perguntou se ela sentiria falta do rancho quando partisse.

— Há outra coisa: alguns amigos virão para um churrasco esta noite. — Ele esperava que ela ficasse chateada. Em vez disso, seus olhos brilharam de excitação.

— Mesmo? Não que você não seja uma boa companhia, mas sinto falta de pessoas.

Reed não pôde deixar de rir. Tinha que admitir que não ficava muito por perto, e ela passou a maior parte da última semana sozinha.

— Você vai gostar de Marlene. Ela e seu marido, Paul, são bons amigos há bastante tempo. — Limpou a garganta, sabendo que precisava soltar a bomba final. — Marlene acha que você é uma paixão antiga.

Os olhos de Maddy brilharam com humor quando ela começou a rir.

— Ela pensa isso ou você a levou a essa conclusão? Além do mais, não é isso que eu sou, xerife Black?

Reed não sabia por que, mas sempre que ela o chamava de xerife Black, era como se o seu corpo inteiro estivesse implorando para ser tocado por ela.

— Apenas faça o seu papel. E lembre-se de que você é da Flórida. Não de onde você realmente é. E seu nome é Madison, entendeu?

Maddy assentiu com um sorriso malicioso.

— É melhor você se lembrar disso, pois tem me chamando de Maddy a semana toda. Ah, e na verdade é Califórnia.

Reed gemeu, sabendo que ela estava certa.

— Madison é um nome longo — disse, como se fizesse perfeito sentido. — E não me diga de onde você é.

Maddy riu enquanto se levantava.

— Maddy soa melhor. Vou fazer alguns acompanhamentos para o churrasco de hoje à noite. O mínimo que esta paixão antiga pode fazer é ser uma boa anfitriã.

Ela deixou Reed na varanda, que se perguntava no que ele tinha acabado de se meter. Era claro que Maddy estava procurando um pouco de distração de tudo o que estava acontecendo, e Reed tinha a sensação de que Marlene e Paul teriam um lugar na primeira fila para o show da vida deles.

Capítulo Dez

Madison estava ansiosa para passar a noite com os amigos de Reed. Desde que chegou em Whistle Creek, as conversas deles estavam carregadas de palavras não ditas. Memórias de tempos atrás continuavam a bombardeá-la nos momentos mais estranhos, fazendo-a se perguntar se ele ainda iria esquentar o sangue dela e se ela tinha cometido um erro ao não dar a ele seu número naquela época. Se sim, estaria morando em Whistle Creek agora? Teria se envolvido com Harrison? Teria aberto sua empresa de buffet? Eram muitas perguntas, as rodas em sua mente girando sem parar.

Não conseguia se lembrar da última vez em que fez um churrasco com amigos; embora Paul e Marlene não fossem seus amigos, ansiava por fazer um esforço. Fez batatas gratinadas, junto com uma salada de cuscuz usando ervas frescas e ingredientes do jardim de Reed. Quando terminou, sobrou apenas tempo suficiente para um banho e uma troca de roupa.

Madison não pode deixar de desejar ter algo além do que alguns pares de jeans e camisetas que ela havia adquirido em sua chegada a Whistle Creek. Queria estar bonita.

Um gemido escapou de si quando percebeu que a pessoa para quem ela queria mostrar uma boa aparência era Reed. Seu coração deu um salto quando aplicou brilho labial antes de descer as escadas. Encontrou Reed abrindo a porta para seus convidados e sorriu enquanto descia as escadas.

— Paul, Marlene, conheçam Madison Prince. Maddy está visitando da Flórida — Reed acrescentou. Madison não tinha certeza se era para lembrá-la.

— É tão bom conhecê-la — disse Marlene, com um grande sorriso. Ela era curvilínea, com um sorriso generoso e grandes olhos verdes. Madison gostou dela instantaneamente.

— Você também.

— Eu nunca conheci uma das antigas paixões de Reed antes. Ele tende a esconder o jogo.

Madison sentiu um rubor em suas bochechas antes que uma risada escapasse dela com o olhar horrorizado no rosto do xerife.

— É um prazer conhecê-lo, Paul — disse Madison, virando-se para o marido de Marlene. Ele era alto e magro, com cabelos loiros. Em contraste com o homem alto, moreno e bonito ao lado dele, Madison não podia deixar de admitir que Reed era mais o tipo dela. Rapidamente empurrou o pensamento para longe.

Paul foi um pouco mais formal e desde o início ficou claro para Madison que Marlene era o tipo travesso e Paul tentou o seu melhor para mantê-la na linha.

— Cerveja? — Reed ofereceu, conduzindo-os para a cozinha.

— Sim, obrigado — falou Paul, aceitando uma cerveja antes de Reed oferecer um pouco de vinho para as moças.

— Nós vamos para a varanda — Reed disse, olhando para Madison, persuadindo-as para se juntar a eles.

Madison negou com a cabeça.

— Tenho algumas coisas que quero terminar aqui, depois vamos nos juntar a vocês. — Seus olhos se encontraram e Madison esperava que ele entendesse sua promessa silenciosa de que manteria sua identidade e o motivo de sua visita em sigilo.

Reed demorou um momento antes de assentir e se virar para Paul.

— Vamos.

Assim que os homens saíram, Marlene riu.

— Homens! Sempre com medo de que, quando virarem as costas, vamos falar mal deles.

Madison não pôde deixar de rir.

— Sim, algo assim.

— Então, você vai me dizer algum podre dele ou vai provar que eles estão errados? — Marlene brincou, com uma sobrancelha erguida.

Por um momento, Madison quis confiar em Marlene. Queria contar tudo a ela sobre a horrível bagunça em que sua vida havia se transformado, mas, em vez disso, ela simplesmente sorriu.

— Espero que você não se importe com alho assado, é o segredo da minha batata gratinada.

Marlene soltou um suspiro pesado.

— Você está tão tensa quanto ele — Marlene cutucou novamente.

— Felizmente, não gosto de falar sobre o passado — Madison comentou, com um sorriso, gostando mais de Marlene a cada minuto. — Ele mencionou que vocês são bons amigos.

O rosto de Marlene se suavizou.

— Nós somos. Reed é um cara ótimo, uma pena que seja tímido quando se trata de namoro. — Uma carranca franziu a testa de Madison, mas, antes que ela pudesse perguntar a Marlene o que ela quis dizer com isso, Marlene continuou: — Então... vindo visitar uma velha paixão? Tenho certeza que deve ser interessante. — Marlene deu um sorriso malicioso.

Madison não conseguiu segurar o riso.

— É interessante, mas agora somos apenas amigos.

— Aham. Eu não o vi olhar para uma mulher do jeito que ele olha para você desde que voltou para Whistle Creek.

— Voltou? — Madison perguntou, intrigada. Por alguma razão, pensou que ele era da Flórida e se mudou para cá.

— Sim. Quando sua mãe adoeceu, ele voltou no primeiro voo. Por um tempo, a gente pensou que ele fosse vender o rancho, mas, felizmente, ele teve um pouco de bom senso. Reed é gente boa. — Marlene tomou um gole de seu vinho e sorriu por cima da borda da taça. — Tenho certeza que você já sabe disso ou não seriam *amigos*.

Madison sorriu, um pouco surpresa com a informação. Não pensava que Reed fosse do tipo família, mas talvez houvesse muito sobre ele que ela ainda não sabia.

Elas saíram para se juntar aos homens e logo a conversa mudou para carreiras. Marlene, que trabalhava na delegacia com Reed, parecia adorar estar com a polícia, mesmo sendo na área administrativa. Paul era um vendedor de carros e prometia que qualquer veículo vendido por ele corria que era uma beleza.

Marlene se virou para Madison com um olhar questionador.

— E você, querida? Com o que trabalha?

O rosto de Madison se iluminou com a pergunta.

— Na verdade, eu comecei meu próprio serviço de buffet lá na...

— Flórida — Reed terminou por ela, com um olhar duro.

Ela rapidamente concordou com a cabeça.

— Na Flórida. — Não adicionou que, com tudo isso que estava acontecendo, ela provavelmente poderia esquecer a possibilidade de recuperar seus clientes depois de sair sem cancelar os pedidos.

— Mesmo? — Marlene perguntou, felizmente perdendo o olhar que eles trocaram. — Então iremos nos deliciar esta noite, Paul.

— Quer que a gente coloque os bifes? — Reed perguntou, olhando para a churrasqueira.

Marlene negou com a cabeça antes de se virar para Madison.

— Ainda não estou com fome. Que tal a gente jogar um joguinho primeiro para abrir o apetite?

Madison riu, concordando com a cabeça. Ela não tinha ideia de que tipo de jogo Marlene tinha em mente, mas a julgar pelo que ela tinha visto até agora, tinha um pressentimento de que seria divertido.

— Certo, o que você tem em mente?

— Paul, me passe uma daquelas garrafas vazias. Um bom jogo de girar a garrafa.

Paul riu, Reed gemeu e Madison ficou um pouco apreensiva. A última vez que ela brincou de girar a garrafa, foi desafiada a beijar o irmão de sua amiga. Não foi uma boa experiência.

— Mesmo?

— Sim, mas um normal. Uma versão pra gente se conhecer. Vá em frente, Paul, diga a eles que é divertido. — Marlene cutucou o marido.

Paul franziu as sobrancelhas.

— É divertido.

Sua resposta morna fez Madison e Reed rirem. Ela olhou para ele e seu coração errou uma batida quando viu que ele estava olhando para ela também. Seus olhos a atravessaram, como se pudesse tocar seu coração com um único olhar.

Madison rapidamente se virou para Marlene.

— Ok, então, como isso funciona?

— Verdade ou desafio. Normalmente dizemos uma verdade ou desafiamos alguém a dizer a verdade. Então é basicamente verdade ou verdade.

Madison franziu a testa, sem realmente entender, mas acreditando que pegaria o jeito.

Marlene girou a garrafa na mesa do pátio e ela parou em Paul. Como se fossem um, Reed e Madison soltaram um suspiro de alívio.

— Paul, escolha um — Marlene exigiu com um sorriso lascivo.

Madison se recostou, pois tinha a sensação de que as coisas estavam prestes a ficar interessantes.

COWBOY PROTETOR

— Verdade — disse Paul, antes de engolir sua cerveja.

— Certo, qual foi sua primeira impressão de Madison? — perguntou Marlene.

Madison se encolheu visivelmente.

— Você não tem que responder.

Paul encolheu os ombros com um sorriso.

— Eu pensei que ela combinava com Reed.

Reed tossiu ao lado dela antes de balançar a cabeça.

— Nós não somos... ela é apenas...

— Sim, sim, nós sabemos. — Marlene deu uma risadinha. — Paul, gire essa coisa.

A garrafa caiu em Marlene e Paul teve a sua vingança.

— Marlene, qual é a verdadeira cor do seu cabelo?

Marlene estreitou os olhos para o marido.

— Loiro-claro.

Paul começou a rir.

— Mais como prata-claro. Minha querida e amada esposa teve o infortúnio de perder na loteria no que diz respeito a longevidade da cor do cabelo.

Madison não pôde deixar de rir quando Marlene olhou para o marido.

— Marlene, eu amei vermelho. Combina com você.

— Obrigada, Madison — disse Marlene, com um sorriso agradecido, antes de girar a garrafa novamente. Desta vez, pousou em Reed, que levantou uma sobrancelha.

— As coisas estão ficando um pouco tensas com todas essas verdades, que tal um desafio? — Reed olhou para Madison, enquanto dizia as palavras.

Marlene bateu palmas de alegria, como se tivesse esperado por todo aquele momento durante todo aquele tempo.

— Beije Madison.

Madison negou com a cabeça.

— Achei que o jogo era mais sobre verdades.

— Bem, podemos voltar à nossa adolescência, quando se tratava de dar uns amassos. Além disso, não é como se vocês nunca tivessem se beijado antes.

Madison sentiu suas bochechas ficarem vermelhas quando olhou para Reed.

— Você realmente não precisa.

Ela esperava que ele concordasse, mas, em vez disso, um sorriso ergueu os cantos de sua boca enquanto se moveu em direção a ela.

— Um cowboy sempre aceita um desafio.

O coração de Madison começou a palpitar, o calor correndo por suas veias sob o seu olhar. Ele parecia um homem sedento, prestes a tomar o primeiro gole de água depois de uma caminhada através do deserto. Ela estava muito entorpecida por seu olhar para sequer tentar argumentar enquanto ele segurava seu rosto em suas mãos.

— Relaxe, Maddy, já fizemos isso antes.

A respiração dele bateu em seus lábios, fazendo seus joelhos tremerem, mesmo estando sentada. Ela esperava um selinho, mas Madison deveria saber que um homem como Reed Black não dava selinhos. Ele reivindicou sua boca com tal ferocidade que sua respiração ficou presa. A língua dele mergulhou em sua boca, provocando-a em uma dança lúdica.

Por um momento, a mente de Madison ficou uma confusão. Ela estava beijando Reed Black pela segunda vez desde sua chegada a Whistle Creek, mas desta vez com uma audiência. Sentindo-se um pouco constrangida, tentou se afastar, mas Reed segurou a parte de trás de sua cabeça e aprofundou o beijo. Em um segundo, Madison havia se esquecido de seu público, a bagunça em que sua vida estava, o homem que ela chamava de noivo e até o fim de semana na Flórida, tudo em que ela conseguia pensar era em Reed e no aqui e agora.

Quando ele finalmente se afastou, ela sentiu um calor entre suas coxas. Uma dor deliciosa latejava ali, implorando para ser tocada. Ela cruzou as pernas e pigarreou.

— Acho que é isso, deu de jogos por uma noite. Vou verificar os acompanhamentos; Reed, você acende a grelha.

Madison escapou sem olhar para ninguém. Precisava de um momento para recompor seus pensamentos, para descobrir por que Reed Black conseguia deixá-la perdida com um único beijo.

Entrou na cozinha e respirou fundo. Fechando os olhos, tentou acalmar seu coração acelerado quando sentiu que outra pessoa estava lá. Ela abriu os olhos e encontrou Reed olhando para ela do outro lado da cozinha. Seus olhos estavam quase que de um cinza tempestuoso quando diminuiu a distância entre eles.

— Eu não tinha terminado — disse rispidamente, antes de colocar Madison em cima do balcão.

Ela queria discutir, mas ele roubou seu fôlego com outro beijo. Suas mãos separaram seus joelhos até que ele ficou entre suas coxas, deixando claro seu desejo por ela. Madison não lembrava de já ter se sentido assim, nem mesmo na Flórida, há oito anos. Desta vez era mais, era mais forte, era muito mais opressor. Era como se todo o seu corpo doesse por ele. Com base em sua reação por Reed, todo o seu relacionamento com Harrison perdeu a cor em comparação. Como ela poderia ter pensado que o amava?

Quando ele finalmente deu um passo para trás, pegou uma pinça de churrasco do balcão antes de olhar para ela com um sorriso malicioso.

— Sim, eu pensei que sim.

Ele saiu da cozinha, deixando Madison uma bagunça trêmula e dolorida.

Capítulo Onze

Na manhã seguinte, Reed levantou antes do sol nascer. Depois de verificar a hora, decidiu que não se importava se Flannigan ainda estivesse dormindo. Ele precisava de Madison fora de sua casa e fora de sua mente. Na noite anterior, ele chegou precariamente perto de cruzar todos os limites que devem existir entre ele e uma testemunha.

Ele não podia nem culpar Marlene. Ela estava apenas sendo ela mesma, fazendo o que fazia de melhor, agitando as coisas. Se ele realmente tivesse superado Madison, um simples selinho teria sido o suficiente para provar que Marlene estava errada. Mas, no momento em que seus lábios roçaram os dela, Reed soube que um único beijo nunca seria suficiente.

Ela fez o seu sangue ferver bem ali na frente de seus amigos. Quando escapou para a cozinha, ele simplesmente precisava de um momento para limpar sua mente e pegar as pinças. Mas quando entrou na cozinha e viu seus lábios inchados de seu beijo, os olhos azuis brilhantes nublados de desejo, ele não conseguiu se conter.

Ele a teria feito sua ali mesmo na cozinha se sua sanidade não tivesse prevalecido. Tinha fugido rapidamente da cozinha, mas esteve lá o resto da noite. A atmosfera pesada, o desejo, o olhar nos olhos de Madison o lembrando do que eles tinham compartilhado.

Quando finalmente foi para a cama, nem mesmo um banho frio havia funcionado. Nada poderia aliviar a necessidade que sentia por ela, nada além dela iria aliviar essa necessidade. Reed tinha se apaixonado por ela uma vez antes e não estava preparado para se apaixonar por ela novamente.

Desta vez não era apenas uma aventura de fim de semana, e desta vez ele deveria protegê-la de quaisquer problemas em que ela mesma se meteu. Quanto mais cedo Flannigan a tirasse de suas mãos, melhor.

Foi para a varanda, sabendo que Madison ainda estava dormindo antes de discar o número de Flannigan. Uma voz grogue atendeu do outro lado da linha.

— Black, o que é? Você a deixou ser morta ou algo assim para estar ligando a esta hora horrível?

Reed grunhiu.

— Não. Ela está bem. Quando você vai mandar buscá-la?

— Caramba, eu não sei. Ainda estou esperando os figurões aprovarem tudo. É um caso complicado, Reed. Essas coisas não acontecem durante a noite. Ela está te dando problemas? — Flannigan perguntou, antes que um bocejo escapasse dele.

Reed beliscou a ponte do nariz. Como poderia dizer a seu superior que ela estava incomodando seu equilíbrio? Que ela o cercava mesmo quando não estava perto? Como ele poderia dizer a Flannigan que ele mal dormia sabendo que ela estava no fim do corredor?

— Não, ela só está ficando impaciente — Reed mentiu.

— Eu entendo isso, basta mantê-la fora de vista. Ela realmente está em perigo. E certifique-se de que ela não revele sua identidade para ninguém, Reed. É sério. — A voz de Flannigan ficou em um tom que Reed passou a conhecer.

— Eu sei o que fazer. Mas não posso mantê-la escondida para sempre. Eu tenho amigos, sabe — Reed disse com um grunhido.

Flannigan deu uma risadinha.

— Sério? Não me diga.

Um sorriso se formou no rosto de Reed.

— Ouça, apenas se recomponha e tire-a daqui. Não posso ser babá dela para sempre.

— Tudo bem, mas apenas cuide dela até então, ouviu? — Flannigan exigiu.

— Sim. — Reed desligou e olhou para a casa. Como ele poderia entrar e fazer café sabendo que o cheiro iria atraí-la para baixo? Ele precisava de algum tempo longe dela, algum tempo para se convencer de que o que quer que estivesse acontecendo entre os dois era apenas resíduo de oito anos atrás.

Não poderia ser outra coisa, Reed tinha certeza disso. Ele não tinha estado com uma mulher já há um tempo e provavelmente era apenas necessidade o deixando louco ou algo assim, tentou raciocinar. Mas assim que voltou para dentro de casa e notou as flores na mesa da sala de jantar e as prateleiras que não estavam mais cobertas de poeira, Reed sabia que estava mentindo para si mesmo. Ela não tinha apenas se infiltrado em sua mente, havia se infiltrado em sua vida.

Ele não queria qualquer mulher, ele queria Madison. Ele a queria mais do que já quis qualquer mulher antes e não iria importar se alguém alinhasse as finalistas do concurso de Miss EUA para ele escolher uma, pois nenhuma serviria.

Apenas Madison.

CAPÍTULO
DOZE

Duas semanas, essa é a primeira coisa que vem à mente assim que Madison acorda alguns dias depois. Duas semanas desde que esteve em Santa Monica, duas semanas desde que teve que deixar Rachel Lewin para trás e, mais perturbador, duas semanas tentando negar a atração que ela ainda sentia por Reed.

O primeiro beijo que compartilharam na cozinha foi de pura curiosidade, se ela parasse para pensar agora. Como se ambos estivessem testando para ver se a memória estava à altura da realidade.

Mas o beijo na varanda, que terminou na cozinha... aquilo não foi um teste. Aquilo estava mais para exploração, uma exploração que Madison tinha sonhado em ir mais longe todas as noites desde então.

A mente dela ficou indo e voltando pelos últimos dois anos e nas últimas duas semanas, e no momento em que Madison desceu para tomar uma xícara de café, ela não estava mais perto de descobrir por que havia ido morar com Harrison para começo de conversa. Ele tinha sido charmoso, conquistado ela, mas nunca a fez sentir a paixão queimar em suas veias como Reed na sexta à noite.

Era terça-feira de manhã e ela ainda sentia sua respiração se prender toda vez que ele olhava para ela com aqueles olhos que brilhavam como prata à luz do sol. Ela pegou seu café e se dirigiu para o lado de fora para sentar na varanda e olhar para a cordilheira, esperando que a paisagem tranquila fizesse algo para acalmar sua mente acelerada.

Sabia que Reed estaria ocupado em algum lugar do rancho, já que sua caminhonete estava lá, mas onde, ela não sabia. Tentou empurrar os pensamentos sobre ele de lado e fazer alguns exercícios respiratórios que lhe ensinaram na ioga, mas nem isso ajudou nessa manhã.

Seu corpo inteiro estava conectado; como se a realidade do que aconteceu tivesse acabado de surgir na sua cabeça e, para complicar ainda mais as coisas, tinha ficado sob a proteção de Reed. Madison sabia como funcionava a proteção a testemunhas. Eles não iriam protegê-la, nem lhe dar uma nova identidade sem motivo.

Os federais iriam querer algo em troca. Flannigan mencionou que ela teria que testemunhar e Madison concordou, embora ela não tivesse ideia do que ela falaria.

Ela não teve nada a ver com o envolvimento de Harrison no cartel. Se soubesse no que ele estava envolvido, teria repensado seu compromisso. Mas suas mentiras eram tão convincentes que Madison nunca procurou olhar mais de perto. Inclinou a cabeça, uma carranca franzindo sua sobrancelha. *Ou ela simplesmente nunca se importou o suficiente para questioná-lo?*

O pensamento a fez estremecer. Saber que havia passado dois anos com um homem que ela nem mesmo se importava... Ela estava tão desesperada para encontrar um amor? Todos os seus amigos estavam em um relacionamento, planejando casamentos e estabelecendo-se. Ela tinha ficado com Harrison só porque parecia o curso natural de sua vida?

Sentindo-se desapontada consigo mesma, afastou-se da cadeira e dirigiu-se para a cabana. Depois de mergulhar o copo em água quente na pia, ela o colocou no escorredor de pratos, deixando escapar um suspiro pesado. Sabia exatamente o que estava errado. Ela estava confinada na cabana de Reed por duas semanas sem ter sequer a chance de ir à cidade uma vez, tirando o dia em que chegou. Madison entendia que precisava manter sua identidade escondida, mas certamente apenas uma rápida viagem à cidade não colocaria em risco quem ela realmente era, certo? Essa coisa que estava cozinhando entre ela e Reed estava prestes a chegar ao ponto de ebulição, e Madison estava certa de que era porque ele era a única pessoa que ela via noite e dia.

Uma breve viagem à cidade iria ajudá-la a limpar a mente, ajudá-la a esquecer sobre a vida que tinha perdido e esperava que a ajudasse a lembrar que Reed estava em seu passado, não em seu futuro.

Olhou pela janela, notou Reed indo para os estábulos e decidiu tentar a sorte. Pegando sua bolsa, que ainda tinha alguns dólares, correu para a caminhonete. Reed não pegou as chaves quando saiu, o que só poderia significar que ele as deixou lá dentro. *A fuga estava ao seu alcance*, pensou, enquanto descia correndo os degraus da varanda. Um sorriso levantou os cantos da boca assim que abriu a porta do motorista. Madison estava prestes a subir quando sentiu duas mãos fortes em volta de sua cintura, antes que fosse levantada para fora. Um suspiro escapou dela ao perceber que tinha sido pega no momento em que Reed a jogou sobre o ombro.

Indignação e humilhação correram por suas veias quando o braço dele se fechou sobre sua coxa e ele começou a ir para a varanda. Quem diabos ele pensava que era?

— Reed, me coloque no chão! — Madison começou a bater os punhos nas costas dele. — Eu só queria ir à mercearia. Eu preciso sair! Estou tendo febre de ficar na cabana! Essa coisa é real!

Reed apenas bufou em resposta, carregando-a de volta para a cabana. Ele abriu a porta e o temperamento de Madison finalmente estalou.

— Quem diabos você pensa que é? Flannigan sabe mesmo como você trata suas testemunhas? Você está me maltratando, por Deus!

Reed rapidamente a colocou de pé, seus olhos cinza-prateados se estreitaram com raiva. Madison rapidamente recuperou o equilíbrio antes de estreitar os olhos.

— Se você não tivesse se envolvido com o que quer que seja que a trouxe aqui, eu não teria que bancar o carcereiro. Você não tem que gostar; apenas tem que lidar com isso. — A voz rugiu pela cabana e o fio fino no qual Madison estava se segurando desde que embarcara no avião na Califórnia finalmente partiu.

Ela balançou a cabeça quando percebeu que Reed pensava que sua situação era culpa dela. Uma lágrima escorreu por sua bochecha, sua garganta se fechando de emoção. Ela poderia tentar negar, mas foi culpa dela.

Ela não olhou com cuidado o suficiente, não fez perguntas o suficiente. Se tivesse apenas aberto os olhos, não estaria aqui agora. Sua voz falhou enquanto falava.

— Você não tem ideia do que está falando.

— Não? — Reed exigiu. — Então me diga. Como é que a senhorita obediente e responsável conseguiu se meter em tantos problemas a ponto de ter que fugir para salvar a própria vida? Que tipo de vida miserável ela passou a ter desde a última vez em que a vi?

As palavras dele foram como ácido nas feridas abertas de Madison.

— Eu não sabia... — A represa finalmente estourou e as lágrimas escorreram por suas bochechas. Ela sentiu sua força finalmente desmoronar e afundar no chão. Colocando o rosto nas mãos, ela balançou a cabeça. — Eu não sabia...

Ela não sabia como esperava que Reed reagisse, mas não esperava que ele se ajoelhasse ao lado dela, levantando-a como se ela não pesasse não mais do que uma pena antes de colocá-la em um grande sofá de couro. Ela piscou e tentou enxugar as lágrimas ao ver que ele tinha tomado um assento na caixa que servia de mesa de centro.

— Então me diga... — Reed praguejou baixinho. — Eu não devia me envolver, mas diabos, Maddy, estávamos envolvidos muito antes de isso acontecer. Me diga por que você está metida em problemas.

Madison queria correr escada acima e chorar, mas algo no olhar de Reed a fez querer expor sua alma. Ela respirou fundo e começou do início. Reed se sentou pacientemente e ouviu, nunca a interrompendo.

Quando ela finalmente terminou com o embarque no voo para Montana, Reed soltou um suspiro.

— Inferno, isso soa como um monte de coisas acontecendo que você não sabia.

Madison concordou.

— Eu não sei se eu estava com muito medo de olhar com cuidado, porque veria as rachaduras em nosso relacionamento, ou se eu realmente não me importava com o que ele fazia. Ambas as opções são tão deploráveis. Eu não me importo com o que aconteça com Harrison, ou qualquer que seja o nome dele, mas perdi meu negócio, minha vida e meus amigos por causa dele.

Ela olhou para cima e encontrou o olhar de Reed, esperando encontrar escárnio; em vez disso, seus olhos estavam ilegíveis.

Mas ela sentiu o ar entre eles mudar.

Capítulo Treze

Reed procurou o olhar azul de Madison e seu coração simplesmente parou por um momento. Desde que ela colocou os pés para fora do avião, teve certeza de que a situação era culpa dela. Pensou que ela devia estar envolvida com algo ilegal e correu para fornecer evidências no momento em que foi pega. Ele tinha usado esse raciocínio como um escudo contra os sentimentos que nutria por ela e a maneira como ela o fazia sentir. Mas agora que ele sabia a verdade, ele não podia evitar se sentir culpado por presumir que a culpa era dela em primeiro lugar.

Ela não tinha feito nada de errado, exceto se apaixonar por um homem em quem não se podia confiar. Deveria ter feito mais perguntas? Provavelmente. Deveria ter sido cética e questionado cada movimento dele? Provavelmente. Mas agora nada disso importava. Tudo o que importava era que a mulher procurando seu olhar agora ainda era a mesma que ele havia se apaixonado oito anos atrás. Ela ainda era a mesma pessoa honesta, a mesma doce menina que o tinha deixado louco naquela época. Foi sua doçura e sua ingenuidade que a colocaram em apuros. Os mesmos atributos que o atraíram para ela.

Soltou um suspiro antes de passar a mão pelo cabelo preto.

— Eu sinto muito.

Madison franziu a testa.

— Pelo quê? Fui eu que acreditei em cada palavra que aquele vigarista disse. Fui eu quem compartilhou a cama com um homem que trabalha para um dos maiores cartéis da Costa Oeste. — Madison riu ironicamente. — Eu ainda não consigo acreditar. Mesmo que eu diga isso em voz alta, parece ridículo.

De repente, Reed entendeu as sombras sob seus olhos; entendeu porque, às vezes, o olhar dela ia para longe, só pra voltar chateado. Ela culpava a si mesma, embora não tivesse nada pelo que se culpar. Era fácil ver isso do ponto de vista dele, mas imaginou que devia ser muito mais difícil para ela ver agora.

Seu coração se apertou em seu peito enquanto enxugava outra lágrima. Se ele queria Madison na sexta à noite, então ele não sabia como poderia chamar o que sentia agora. Ele queria acalmá-la, protegê-la. Queria garantir a qualquer um que quisesse machucá-la que teria que passar por ele primeiro.

— Se algum dia eu conhecer Harrison Colt, não serei responsável por minhas ações — disse Reed, rispidamente.

Madison sorriu tristemente.

— Esse nem é o nome verdadeiro dele. Como Flannigan e seus homens podem encontrá-lo se nem mesmo sabem quem ele é?

— Eles vão. Escórias como ele tendem a vir à tona — garantiu, estalando os nós dos dedos entre os seus. Olhou para a porta antes de voltar para Madison novamente. — Venha, eu vou te levar para a cidade.

Madison balançou a cabeça.

— Não, está tudo bem. Acho que já tive empolgação suficiente para um dia. Obrigada por ouvir. — Ela se levantou e estava prestes a subir as escadas quando a mão de Reed pegou a dela.

Ela parou e se virou. Seu olhar procurou o dele e Reed sabia que estava parado na beira de um penhasco. Se desse um passo para trás, cairia. Ele se levantou e passou um dedo ternamente sobre a bochecha.

— Lamento ter duvidado de você.

— Me desculpe, eu estava sendo um pé no saco.

Os cantos da boca de Reed se curvaram em um sorriso. Foi como se uma trégua tivesse sido alcançada, mas agora ele não se importava com isso. Só se importava com o penhasco, imaginando se iria voar ou cair. No fundo de sua mente, ouviu uma voz o alertando para que recuasse enquanto ainda podia, mas Reed nunca gostou de jogar com segurança. Ele abaixou a cabeça uma fração de cada vez, segurando seu olhar o tempo todo até que finalmente roçou os lábios nos dela. Desta vez não foi feroz e exigente como tinha sido na cozinha na sexta à noite, era sedutor e provocante. Como se Reed estivesse testando sua reação.

Quando o trovão de repente rugiu do lado de fora, Reed recuperou seus sentidos por um momento e recuou.

— Você deveria ir. — Ele não olhou para ela, apenas manteve o olhar no chão. Ele tinha os seus limites.

COWBOY PROTETOR

Capítulo Catorze

Madison sabia que ele estava dando a ela uma chance de ir embora. Estava lhe dando uma chance para rejeitá-lo e resolver sua vida antes de se envolver novamente. Mas agora ela não se importava com nada disso. Nunca se sentiu assim por um homem, e embora ela nem tenha certeza de onde estará amanhã, sabia em seu coração que iria se arrepender de não ter se permitido agir de acordo com a única coisa de que tinha certeza.

Reed.

Ela deu um passo à frente e inclinou o queixo dele antes que um sorriso atrevido se formasse em sua boca.

— Você está me dizendo que não quer que eu fique?

Reed gemeu quando seu polegar roçou seus lábios.

— Maddy...

— No momento, não sei o que vai acontecer, mas sei que quero você, Reed. — Sua voz era pouco mais que um sussurro, a admissão fazendo seu coração doer com memórias da Flórida.

Os olhos de Reed se suavizaram. O acinzentado se tornou mais escuro e tempestuoso, procurando pelo olhar dela. Um sorriso arrogante apareceu nos cantos de sua boca.

— Eu te queria desde que você saiu aquele avião.

Antes que Madison pudesse sorrir, ele reivindicou sua boca. Suas mãos deslizaram ao redor do pescoço dela, enroscando em seu cabelo loiro-mel ao explorar cada centímetro de sua boca. Madison se permitiu tocá-lo; por duas semanas, ele tinha sido proibido, mas agora era todo dela. Deixou as mãos deslizarem sobre os músculos tensos de suas costas antes de puxar a camisa de dentro dos seus jeans e colocou suas mãos por dentro da calça. Sua pele estava quente, seu desejo claro quando a puxou para mais perto.

Ele inclinou a cabeça e mudou o ângulo do beijo, mesmo enquanto sua mão direita subia por sua cintura, seu polegar apenas roçando o lado de seu seio. A respiração de Madison ficou presa pelo calor direcionado para seu centro. Seus seios incharam com a necessidade dolorida de seu toque. A mente se esqueceu de tudo; de Harrison, de seu negócio, dos amigos que ela havia deixado para trás e de repente, ela foi preenchida com Reed. Ele a fez esquecer Harrison e o caos que sua vida tinha se transformado. Agarrou-se ao alívio do momento, como um cego agarra uma bengala.

O desejo superou todas as outras emoções quando Reed a tocou. Seu gosto a intoxicou, suas mãos fortes a fizeram desejar poder ficar ali para sempre.

Seu cheiro era uma combinação de couro, cavalos e um toque de sândalo da loção pós-barba que ele aplicava todas as manhãs. Suas mãos estavam calejadas, a pele áspera raspando sobre sua pele sensível.

As mãos dela desceram, deslizando sobre sua bunda. As memórias de seu corpo perfeito correram de volta em uma enxurrada de sensações e desejo, e de repente Madison quis mergulhar nele e fazer novas memórias. Estes não eram músculos tonificados apenas por aparência, a carne tensa sob suas mãos foi afiada pelo trabalho duro.

Como se Reed lesse sua mente, suas mãos deslizaram até sua cintura antes de levantá-la e as pernas dela envolveram seus quadris. Sua boca se arrastou de seus lábios para seu pescoço, enquanto ele andava pela sala em direção às escadas. Madison aproveitou para deixar beijos sobre o forte cumprimento de seu pescoço. O gosto dele era ainda melhor que o cheiro.

Quando ele chutou a porta para abri-la, ela ergueu brevemente a cabeça apenas para ver que estavam no quarto dele, não no dela. Mais tarde, ela se lembraria de sua surpresa com o quão arrumado era, como o cheiro dele parecia pairar no ar e como ela estava intrigada com a delicada colcha na cama em um quarto tão masculino, mas agora ela não se importava.

Ele a colocou na frente da cama e reivindicou sua boca novamente. Madison sentiu o coração doer antes de parecer que ele se abriu para deixá-lo entrar. As sensações percorreram seu corpo quando ele a beijou. Como ela poderia ter imaginado que o que tinha com Harrison poderia algum dia chegar perto disso?

Seu corpo já estava doendo por Reed, seus nervos dançando em antecipação ao toque dele, ao seu beijo. Quando Reed recuou, Madison não precisava saber o que ele queria. Ela arrastou a camiseta sobre a cabeça revelando um sutiã branco de algodão liso. Seus olhos famintos a acolheram enquanto ela lidava com seus jeans. Ela deslizou para fora deles até ficar de pé diante de Reed em nada além de sua roupa íntima. Como ela desejou sua lingerie da Victoria's Secret agora. Mas Reed não parecia se importar.

Ele soltou um suspiro irregular.

— Droga, senti sua falta...

Foi a primeira referência ao tempo que passaram juntos na Flórida e, naquele momento, significava mais para Madison do que qualquer elogio. Um sorriso curvou sua boca, e ela deu um passo à frente e alcançou o primeiro botão de sua camisa de flanela, mas, antes que ela pudesse desabotoá-la Reed a tirou por cima da cabeça para revelar seu peito definido. O cabelo preto em seu peito fez o coração de Madison errar uma batida. Deu um passo à frente e enterrou o rosto em seu peito, absorvendo seu cheiro, a sensação de seus braços a abraçando, e desejou nunca ter que soltá-lo.

Ele ergueu o rosto dela e a beijou novamente. Pela primeira vez, Madison percebeu que não teve medo desde que chegou a Whistle Creek. Independente da ameaça sobre a vida dela, ela se sentia segura com Reed, como nunca se sentiu com ninguém.

No fundo de sua mente, ela sabia que tinha que pisar suavemente, tinha que proteger seu coração para não terminar de coração partido, mas sabia que seria impossível. Quem ela estava enganando? Quando deixou a Flórida, oito anos atrás, seu coração nunca havia retornado com ela para Santa Monica. Talvez seja por isso que a traição de Harrison não foi capaz de quebrá-lo.

A necessidade começou a crescer ao mesmo tempo que o ar se tornava mais carregado de desejo. As mãos de Reed começaram uma jornada de exploração, lidando com sua calcinha enquanto deixava beijos sobre seu corpo. Madison se sentia como se estivesse sendo venerada e mal podia esperar para venerá-lo da mesma forma. Quando ela finalmente ficou do jeito em que veio ao mundo, podia sentir a fome no toque de Reed. Suas mãos deslizaram sobre ela até que pararam no colar que ela usava em volta do pescoço.

Madison odiava o fato de Harrison tê-lo dado para ela, mas não tinha tirado simplesmente porque amava a simplicidade. O pingente, uma pequena chave, foi tocado por Reed antes que encontrasse seu olhar.

— A chave do seu coração? — Reed pressionou beijos quentes e úmidos em seu ombro antes de largar o pingente novamente.

Madison suspirou.

— Se for, é seu. — As palavras eram quase uma promessa, mas Madison não pensava nisso agora, tudo o que ela conseguia pensar era onde Reed a tocaria em seguida e onde poderia tocá-lo.

Estendeu a mão para a fivela dele, percebendo brevemente que era uma fivela de rodeio antes de abrir o cinto. Havia tanto que ela não sabia sobre a vida dele em Whistle Creek, e ainda assim sentia como se soubesse tudo sobre ele.

A excitação cresceu em suas veias quando abriu o botão de pressão. A excitação dele finalmente saltou livre e Madison não pôde deixar de sorrir. Ela pode nunca ter tido uma queda por cowboys antes, mas hoje ela teria a noite de sua vida.

Enquanto o céu escurecia lá fora com a tempestade iminente, flashes de luz foram seguidos por um trovão estrondoso. Nem Reed nem Madison perceberam.

A chuva começou a cair no telhado, tão forte que parecia tiros, porém nem Reed nem Madison se importaram.

Lençóis foram colocados de lado, suspiros suaves soaram no ar, mãos acariciavam e beijos foram trocados. Mais brasas foram jogadas na fornalha do desejo, conforme a necessidade começou a crescer. Madison se sentiu impelida ao limite na primeira vez, raspando as unhas nas costas de Reed enquanto silenciosamente implorava por seu orgasmo. Mas ele recuou, provocando-a de novo e de novo, voltando à boca para outra degustação a cada poucos instantes. Madison nunca se sentiu tão estimulada, necessitada ou desesperada para cavalgar sobre a borda, agarrando-se a nada além de Reed.

Um arrepio percorreu sua pele quando uma lufada de vento frio soprou através da janela, trazendo consigo o cheiro de tempestade da tarde. Reed parou por um momento e recuou. Seus olhos encontraram os dela e Madison sentiu seu coração se expandir no peito com amor antes que ele finalmente a levasse ao limite do êxtase.

Capítulo Quinze

O sol do fim da tarde persuadiu Reed a acordar. Ele suspirou satisfeito, antes mesmo de abrir seus olhos, e se lembrou de onde estava. Um sorriso curvou os cantos de sua boca ao olhar para baixo, para a confusão de cabelo loiro em seu ombro e a expressão pacífica no rosto de Madison.

Ela estava dormindo e Reed não pode deixar de admitir que não adormecia muito bem assim há meses, talvez até anos. Olhou pela janela e viu que o sol estava dando seu adeus final antes que um xingamento leve escapasse dele. Tinha tirado o dia de folga da delegacia para pôr em dia algumas tarefas ao redor do rancho; em vez disso, passou a maior parte do dia na cama com Madison.

Tentou sentir algum arrependimento, mas não conseguiu nem mesmo uma pitada. Inclinou-se de volta nos travesseiros e fechou os olhos, repetindo cada toque, cada beijo. Um suspiro escapou dele quando o desejo inundou seu sistema novamente. Não queria nada mais do que fazer amor sonolento com Madison, mas algumas coisas exigiam sua atenção. Como Priscilla, por exemplo. Ele prometeu levá-la para um passeio esta tarde; ela teria que ficar satisfeita com uma maçã e alguns cubos de açúcar.

Com cuidado, Reed saiu da cama, certificando-se de não acordar Madison antes de pegar suas roupas. Depois de calçar as botas, olhou para trás para a cama uma última vez e sentiu seu coração simplesmente encher. Ela passou por tanta coisa e todo o tempo ele a culpou pela situação da qual ela era simplesmente uma vítima.

Saiu do quarto silenciosamente e desceu as escadas. Pegando o telefone junto com a maçã e os cubos de açúcar para Priscilla, saiu antes de a realidade do que ele acabou de fazer atingi-lo como um golpe no estômago. Ele comprometeu uma testemunha sob seus cuidados. Havia se aproveitado de uma pessoa que dependia dele para sua segurança. Reed apertou a ponta do nariz, tentando imaginar qual seria a reação de Flannigan. Ele já podia ouvir o homem gritando ao telefone sobre falta de profissionalismo, desonra e o código de conduta que Reed concordou em aderir.

Um suspiro pesado escapou dele, não porque se arrependeu de ter feito amor com Madison, mas porque sabia que faria de novo. Reed foi para os estábulos, jogando a maçã para cima e para baixo ao pensar no dia em que se despediu dela, anos atrás. Tinha acabado de sair da academia de polícia, ansioso para fazer seu nome como novato. Na época, parecia a coisa certa a se fazer; um relacionamento de longa distância teria afetado seu único foco em se tornar detetive.

Mas agora, olhando para trás, Reed não podia deixar de se perguntar o que teria acontecido se eles tivessem mantido contato. Havia algo entre eles, algo mais forte do que qualquer coisa que já sentiu por outra mulher. Independente do problema em que Madison estava, ou o ameaça sobre sua vida, Reed se recusou a ouvir a voz em sua mente lhe dizendo para ir embora lentamente.

Ele tinha feito isso uma vez e desta vez não iria recuar. Priscilla o sentiu antes de entrar nos estábulos. Ela soltou um alto relincho, deixando claro o seu desapontamento.

Reed encolheu os ombros.

— Me desculpe, baby, eu meio que perdi a noção do tempo.

Ofereceu a ela os cubos de açúcar, e a égua gentilmente os tirou de sua mão.

— Estou com um problema, Priscilla. Estou me apaixonando por uma mulher que pode ir embora a qualquer dia. Ela está em apuros e a única maneira de mantê-la segura é indo embora. Sei que devo recuar antes de ficar ainda mais envolvido, mas... — A admissão foi silenciosa quando entregou a ela uma fatia de maçã.

Priscilla relinchou e sustentou seu olhar por um momento antes de pegar o alimento de sua mão.

Reed riu, enxugando a mão na parte de trás da calça.

— Você tem razão. Eu deveria me lembrar do que minha mãe sempre dizia: "A vida é uma aventura ou não é nada". — Um sorriso curvou a boca de Reed quando se lembrou da citação pela qual sua mãe vivia. — Helen Keller, certo?

Priscilla relinchou e Reed não pôde deixar de rir de si mesmo. Ele estava pedindo conselhos a um cavalo. Seu sorriso se alargou quando encontrou o olhar da égua.

COWBOY PROTETOR

— Quer saber? Você acabou de me dar o melhor conselho. Eu deveria saborear cada momento e deixar o amanhã cuidar de si mesmo. Assim não terei nenhum arrependimento. — Ele esfregou seu flanco antes de ir para trás. — Vou trazê-la para conhecê-la em breve, eu prometo.

Reed verificou se o trabalhador do rancho que ele contratou em tempo integral cuidou da alimentação da tarde antes de voltar para casa. As coisas com Madison podem ser mais complicadas do que a álgebra que ele não usava desde seu último ano, mas esta era uma complicação que ele estava preparado para descobrir.

Ele raspou a bota na terra e, com a animação crescendo em suas veias, correu de volta para a casa. Sabia que havia ligações a fazer, coisas a resolver, especialmente depois de não ter ido para a delegacia hoje, mas agora tinha alguém mais importante para ver.

Reed chutou as botas escada abaixo antes de subir em silêncio. Quando entrou em seu quarto, Madison ainda estava dormindo. Ele se despiu em tempo recorde e escorregou de volta para a cama. Desta vez, quando afastou uma mecha de cabelo de seus olhos, ela se esticou como um gato preguiçoso em um dia quente. Seus olhos se abriram antes de um sorriso lento e sexy se espalhar por sua boca.

— Eu estava esperando que você acordasse — afirmou Reed, enquanto a puxava contra si. As pernas dela se entrelaçaram com as dele, enquanto acariciava seu pescoço.

— Por quê? Você esperava tirar vantagem de mim de novo? — Madison beliscou o ombro dele e Reed acariciou de brincadeira sua bunda.

— Não, eu esperava que você fosse gostar de tomar um banho antes de pegarmos algo para comer na cidade.

O rosto de Madison se iluminou.

— Vamos jantar fora?

Reed riu de sua animação desenfreada.

— Sim, pensei, que contanto que você continue com a história de ser uma antiga paixão, ficaremos bem. Só não diga a Flannigan.

— Eu prometo — disse Madison, deslizando as mãos em volta do pescoço dele. — Mas, primeiro, acho que a gente deve abrir o apetite, não é?

— Você é uma mulher que entende minha mente. — Reed gemeu quando a alcançou.

Desta vez, não foi dolorosamente doce ou lento. Eles brincaram e provocaram um ao outro todo o caminho para o chuveiro. Com água caindo sobre eles e mãos ensaboadas escorregando e deslizando sobre corpos molhados, Reed sentiu que estava se apaixonando ainda mais. Ela poderia ser doce e suave em um momento, e atrevida e sexy no seguinte. A combinação o estava deixando maluco, louco o suficiente para o jantar ser atrasado por um bom tempo antes que eles finalmente saíssem do banho.

Capítulo Dezesseis

Eles caminharam pela rua principal lado a lado, mas suas mãos não se tocaram. Madison teve que continuar olhando para frente para ver onde ela estava indo, porque Reed se arrumou para o jantar e ele estava tão bonito que dava vontade de comer.

Usava uma calça Wrangler ainda não desbotada pelo sol, que cobria sua bunda com perfeição. Uma grande fivela estava abaixo de sua cintura, um regresso aos seus dias de rodeio. Em vez da camisa de flanela que ele preferia usar no rancho, usava uma branca e uma gravata *bolo tie*. Seu chapéu Stetson estava abaixado sobre a testa e, quando se virou e olhou para ela com aqueles olhos cinzentos semicerrados, ela se esqueceu completamente do motivo pelo qual foi enviada para Whistle Creek para começo de conversa.

— Tem uma churrascaria no próximo quarteirão. Suzy's. Está lá desde que eu me lembro, mas a idade da Suzy é uma fonte constante de debate em Whistle Creek.

— Suzy? — Madison perguntou, com um sorriso. — Aposto que Suzy sabe cozinhar um bife.

— Pode apostar esse maldito traseiro que sim. Ela cozinha um bife melhor do que qualquer um que conheço. Tem algumas pessoas ajudando na cozinha, mas Suzy está no controle da carne.

Madison não pôde deixar de rir. A vida em uma cidade pequena era tão diferente do zumbido e agitação da cidade. Lá, você não conhecia a pessoa ou o chef que preparou sua refeição, só ficava grato por não ter que cozinhar por conta própria.

Quando chegaram ao restaurante, Madison sorriu. Parecia uma lanchonete que tinha sido adaptada. Exceto pelos chifres grandes sobre a placa que dizia Suzy's e o delicioso cheiro de bife grelhado, você pensaria que ainda era uma lanchonete.

Reed empurrou a porta e eles entraram. A iluminação era forte o suficiente para ver todo o ambiente, até atrás, onde uma senhora de idade indeterminada estava virando bifes em uma grelha. As mesas tinham toalhas xadrez vermelhas e brancas e uma pequena lanterna no centro de cada uma.

Era tão diferente dos restaurantes sofisticados com guardanapos de pano e música clássica na cidade e, no entanto, atraía Madison mais do que uma estrela Michelin[1].

— Ei! Por aqui!

Reed e Madison olharam na direção da voz e viram Paul e Marlene sentados em uma mesa no canto. Ele se virou para Madison com uma expressão de "sinto muito".

— Fique à vontade para dizer não.

Antes que Madison pudesse responder, foi conduzida até Marlene e Paul.

— Junte-se a nós! — Marlene disse, levantando-se para dar as boas-vindas a Madison com um abraço.

A mulher se sentiu bem recebida e, embora estivesse ansiosa para passar a noite com Reed, não se importou em se juntar a Marlene e Paul. Se eles não tivessem vindo para um churrasco, ela não teria passado o dia na cama com Reed. Um rubor floresceu em suas bochechas com memória.

— Estávamos apenas... — Reed começou, mas Marlene o interrompeu novamente.

— Eu estava me perguntando onde você estava hoje. Problemas no rancho? — Marlene perguntou, arqueando uma sobrancelha.

Reed sorriu, olhando para Madison.

— Algo parecido.

— Tem certeza? Não queremos nos intrometer no encontro de vocês — disse Madison.

— Querida, é claro que temos certeza. Certo, Paul?

Seu marido acenou com a cabeça do jeito que fazia quando Marlene realmente não lhe dava escolha.

Pouco depois, Reed e Madison estavam sentados e um garçom trouxe os cardápios. A conversa fluiu facilmente e a jovem não conseguia se lembrar da última vez que se sentiu tão à vontade com pessoas que mal conhecia.

1 Um restaurante que possui uma cozinha muito boa em sua categoria e que foi premiado pelo guia Michelin.

COWBOY PROTETOR

Todos pediram bifes e, enquanto os homens começaram a discutir o último desempenho do Denver Broncos, Marlene pediu licença e se dirigiu ao banheiro.

Sozinha com seus pensamentos por alguns momentos, Madison se perguntou se eles já tinham conseguido encontrar Harrison. Embora estivesse ansiosa para deixar Whistle Creek quando havia chegado, não conseguia suportar a ideia de ir embora agora, especialmente não depois de hoje.

Olhou para Reed e o calor se acumulou entre suas coxas. Ela sempre amou as memórias daquele fim de semana na Flórida, mas desta vez foi muito mais. Havia muito mais sobre Reed que ela não sabia e Madison não queria ir embora até que descobrisse todos os mistérios.

Pensando nos últimos anos de sua vida, era difícil admitir que tinha se tornado tão complacente. Claro que ela começou seu negócio e passou um tempo com os amigos, mas era como se tivesse caído à deriva rio abaixo e simplesmente continuasse, sem uma direção definida.

Bem ali na churrascaria, Madison prometeu a si mesma que nunca iria simplesmente ficar à deriva novamente. De agora em diante, conduziria sua vida na direção que escolhesse. A parte difícil era que ela não sabia para onde seria. Olhou para Reed e seu coração simplesmente apertou com o pensamento de nunca mais vê-lo novamente. Nenhum deles tinha falado sobre o que aconteceu ou aonde isso poderia levar, e embora Madison não tivesse certeza de onde queria que isso fosse, sabia que não queria acenar e dizer adeus desta vez.

Se soubesse onde Harrison estava se escondendo... se ela tivesse algo para dar a Flannigan, poderia ter sua vida de volta, seus negócios de volta.

Mas ela realmente queria de volta aquela vida? A pergunta a pegou bem desprevenida, olhando ao redor da churrascaria. Uma vida de ambição e conquistas. De alguma forma, o tempo que passou no rancho de Reed deu a ela alguma perspectiva.

Observou Marlene voltar para a mesa e se sentar ao lado dela. Marlene virou para Madison com um olhar questionador.

— Então, quanto tempo você vai ficar?

Madison olhou para Reed, que não entendeu a pergunta e deu de ombros com um sorriso.

— Não tenho certeza.

— Você ainda estará aqui na sexta-feira? — Marlene perguntou, com um sorriso malicioso.

Faltavam apenas três dias para sexta-feira e Madison não conseguia imaginar que Flannigan mandaria buscá-la antes disso.

— Acho que sim. — Madison encolheu os ombros.

Marlene bateu palmas.

— Perfeito. — Virou-se para Reed com um sorriso lascivo. — Reed, você se lembra de quando mencionei que meu aniversário estava chegando e eu queria dar uma festa? Você disse que eu poderia fazer no rancho?

Madison observou a testa de Reed franzir em confusão.

— Sim? E então você disse que não ia dar uma festa quando o buffet cancelou.

Marlene acenou com a cabeça, seus olhos brilhando.

— E então Madison veio visitar.

Reed riu, Paul suspirou e Madison ainda não tinha ideia do que estava acontecendo.

— Madison, você pode cuidar do buffet? São cerca de trinta convidados, nada extravagante. Teremos um grill, dança no celeiro e, se tivermos sorte, Reed pode ligar o touro mecânico para nós.

As sobrancelhas de Madison se ergueram com surpresa.

— Daqui a três dias?

— Você está certa, estou sendo ridícula. Não importa — disse Marlene, com uma expressão de cachorrinho que acabara de ser chutado.

Madison pensou por um momento. Ela tinha três dias, uma ótima cozinha e passe livre sobre cardápio. Talvez fosse exatamente isso que precisava para distrair a mente das coisas até ouvir notícias de Flannigan. Estava se apaixonando por Reed de novo enquanto toda a sua vida estava de pernas pro ar. Hoje foi incrível e, embora Madison mal pudesse esperar para ir para casa com ele novamente esta noite, sabia que precisava descobrir como se sentia sobre voltar para os seus braços. Nada clareava mais a sua mente do que cozinhar.

Ela se virou para Marlene com um sorriso brilhante.

— Eu faço. Apenas me dê uma ideia do que tem em mente e eu farei acontecer.

Marlene se virou para Reed.

— Ela é um achado. A propósito, chefe, se importa se eu pegar alguns dias de folga?

Reed deu uma risadinha.

— Claro, tenho certeza de que nossos policiais podem manter o forte.

Assim, aquela conversa se voltou para o planejamento, comida e decoração para celeiro de Reed. No momento em que voltaram para casa, Madison estava tão animada quanto Marlene sobre a festa, tagarelando sobre ideias durante todo o caminho. Mas quando finalmente entraram na casa, Reed pressionou um dedo em seus lábios.

— Chega de falar por essa noite.

Quando ele reivindicou sua boca, Madison não pôde deixar de concordar. Derreteu-se contra ele, a necessidade correndo por seu sangue com ferocidade. Quando alcançou sua fivela, ele gemeu, mas Madison sorriu. Hoje cedo ele tinha assumido a liderança, esta noite era a vez dela.

Capítulo Dezessete

Quinta-feira à tarde, Reed chegou em casa vindo da delegacia e não pôde deixar de suspirar quando entrou em sua cabana. Toda a cozinha parecia uma zona de guerra com Madison decidindo onde a próxima batalha seria realizada. Sua geladeira estava abastecida com tudo, desde pequenos lanches até saladas de macarrão.

Madison o notou e parou o que estava fazendo antes de sorrir para ele.

— Você está em casa.

Quatro palavras foram suficientes para fazer o coração de Reed errar uma batida. Parecia certo, ouvir tais palavras vindas dela, em sua cozinha. Sua cabana nunca pareceu com um lar. Desde terça-feira, ela passou todas as noites em seus braços e, embora ele tivesse que ir trabalhar durante o dia, parecia certo voltar para casa, para ela.

— Sim… eu, hm… — Reed tropeçou em suas palavras. Os sentimentos que tinha por Madison eram mais avassaladores do que qualquer coisa que já sentiu. Ela pousou em Whistle Creek três semanas atrás e, durante esse tempo, havia encontrado um lugar para si mesma em seu coração. Ele tirou o chapéu e olhou ao redor da cozinha antes de encontrar o olhar de Madison novamente. — Você fez algum progresso?

— Sim, estou quase terminando. Só preciso limpar e há algumas coisas que só posso fazer de manhã. Marlene mencionou vir às nove para decorar o celeiro e ela me disse para perguntar se você vai ao menos limpar o touro mecânico?

O medo apertou seu coração.

— Maddy, você não deveria atender o telefone.

Madison negou com a cabeça.

— Marlene passou por aqui esta manhã. Acho que ela estava curiosa sobre o que eu estava fazendo.

COWBOY PROTETOR

— Ah — Reed disse, se sentindo um pouco desanimado. Amanhã à noite seria a festa de aniversário de Marlene, e Reed não pôde deixar de sentir que era uma questão de tempo até que Flannigan ligasse para levar Madison. Antes de ela ir, ele queria ficar mais tempo com ela, queria mostrar mais de sua vida, da vida que sonhou em compartilhar com ela na noite anterior. — Eu, hm... prometi a essa outra garota que a levaria para sair.

Os olhos de Madison endureceram antes que ela rapidamente escondesse sua decepção.

— Então acho você deve ir se preparar. — Ela se virou, começando a mexer em potes e frigideiras, e Reed não pôde deixar de amar sua reação de ciúme.

— Eu gostaria que você viesse.

Madison se virou, os olhos fervendo de raiva.

— O quê? Você está louco? Se você tem uma namorada, por que simplesmente não me contou?

Reed encolheu os ombros quando um sorriso maroto se formou em sua boca.

— É meio platônico. Madison, estou falando sobre Priscilla.

As sobrancelhas de Madison franziram ao se lembrar da pergunta de segurança que fez a Reed no aeroporto.

— Aquela Priscilla.

Reed deu uma risadinha.

— Se você se incomodasse em olhar ao redor em vez de gastar todo o seu tempo na minha cozinha, saberia que Priscilla é uma égua.

Madison demorou um pouco antes de rir.

— Priscilla é um cavalo?

— Sim, vamos lá. Vou te dar trinta minutos para limpar aqui. Vista roupas quentes e confortáveis; se o tempo estiver bom, podemos acampar hoje à noite.

O medo fez seus olhos se arregalarem.

— Acampar?

— Com medo? — Reed perguntou, indo em direção a ela. Havia um pouco de farinha em sua bochecha, que ele esfregou suavemente. Quando falou novamente, sua voz estava rouca. — Você sabe que está segura ao meu lado. Venha comigo, Maddy, quero te mostrar o meu mundo.

Os olhos de Madison se suavizaram.

— Contanto que você não me transforme em comida para um leão da montanha.

— Prometo que não. Vou preparar os cavalos. — Reed beijou sua bochecha antes de ir para o celeiro. Quando Madison chegou, ele havia selado Priscilla e Bonny, e os alforjes estavam embalados com algumas coisas que pegou da cozinha. Ele tinha um saco de dormir amarrado à sua sela e esperava que o tempo melhorasse.

— Eu nunca montei um cavalo antes — admitiu Madison, um pouco nervosa, ficando de pé e o observando com os cavalos.

Reed deu uma risadinha.

— Não é muito difícil. Apenas fique em cima dela. — Quando os nervos dela não se acalmaram, ele acrescentou: — Bonny é a mãe de Priscilla. Ela é uma boa garota. Você não tem nada com o que se preocupar.

Ele a ajudou a montar na égua e, assim que Bonny deu o primeiro passo, Madison sorriu.

— Isso é incrível.

— Veja — pediu Reed, subindo nas costas de Priscilla. — Não tem nada de mais. Nós vamos até aquele cume para assistir ao pôr do sol.

Reed ficou ao lado dela enquanto se afastavam da propriedade. Demorou cerca de dez minutos para Madison relaxar. Quando ela parou e esfregou o flanco da velha égua, sussurrando para ela ao mesmo tempo, o coração de Reed apertou em seu peito. Quando ele pensou em levá-la para um passeio em uma trilha, não percebeu que seria uma espécie de teste. Um teste para ver se ela iria se adaptar a este estilo de vida. Ele balançou a cabeça e sorriu, sabendo que ela tinha acabado de passar com louvor.

— Você nasceu para isso.

Madison sorriu para ele; as sombras que pareciam estar em seu olhar aparentavam ter desaparecido completamente. *Por que ele não pensou em levá-la para um passeio em uma trilha antes?* Reed pensou, quando começaram a andar novamente. Quando chegaram ao cume, o sol tinha acabado de começar sua descida.

Reed desceu de Priscilla antes de amarrar suas rédeas a uma árvore e caminhou até Madison. Antes que pudesse ajudá-la, ela desceu de Bonny com graça.

— Obrigada, menina, essa foi a melhor cavalgada de todas — disse Madison, ao dar um beijo no focinho do cavalo.

Reed sorriu.

— Ei!

Madison se virou para ele com um sorriso sexy.

— Não fique assim, mas você vai ter que provar que estou errada.

Reed já podia sentir seu sangue esquentando.

— Desafio aceito.

Madison riu, conduzindo seu cavalo até Priscilla, amarrando as rédeas à árvore.

— Elas vão ficar ali pelo resto da noite?

Reed concordou com a cabeça.

— Vou dar a elas água e um pouco de feno em um minuto. — Ele começou a desempacotar os alforjes e não pode deixar de rir quando percebeu a expressão chocada no rosto de Madison.

— Quantas coisas cabem nessas bolsas?

— Muitas. — Reed deu um pequeno sorriso. — Se você empacotar direito.

Assim que os cavalos foram acomodados, ele acendeu uma pequena fogueira e ofereceu uma cerveja a Madison.

Eles se sentaram com o fogo crepitando ao lado deles e viram o sol pintar o céu em milhões de cores diferentes. Traços ousados de laranja e vermelho foram interceptados com roxo e nuvens cor-de-rosa. Abaixo deles estava a expansão do rancho de Reed.

Ele olhou para Madison e percebeu que nunca trouxe ninguém aqui. Tinha sido seu lugar, mesmo quando jovem, antes de ir para a Flórida. Desde que voltou, era o lugar para onde ia pensar. Mas a vista nunca foi melhor do que com Madison sentada ao seu lado.

Ela suspirou satisfeita, descansando em seus braços.

— Isso é de tirar o fôlego. Não posso acreditar que você pode vir aqui quando quiser.

Reed a convidou para cavalgar com ele, o que a deixou apavorada, mas, assim como Reed, Bonny a conquistou rapidamente. Ela se virou para o parceiro e o observou sorrir para Priscilla. Era claro que eles eram loucos um pelo outro. Madison não pode deixar de admitir que havia algo muito sexy em um homem que amava seu cavalo.

— Lamento não ter pegado o seu número — disse Reed, virando-se para ela. As palavras foram tão inesperadas que a respiração de Madison ficou presa na garganta.

— Isso foi há muito tempo — devolveu Madison, sentindo o mesmo pesar.

Reed encolheu os ombros.

— Eu era um policial novato, que só tinha a minha carreira em mente. Porém depois desses últimos dias... *e se*, Maddy?

Madison concordou com a cabeça, segurando seu olhar.

— Eu sei, pensei o mesmo. Fui eu que insistiu que não devíamos tentar a longo prazo.

— Fui eu que nem discuti — afirmou Reed, inclinando-se para mais perto.

Madison sentou com as pernas cruzadas debaixo de si e Reed aproveitou a oportunidade para fazer pequenos círculos sobre seu joelho coberto pelo jeans. Quando seus joelhos se tornam uma zona erógena?

Seus olhares se encontraram e, por um momento, Madison desejou que pudessem ficar ali para sempre. Apenas os dois, a cabana atrás deles e a vasta extensão do rancho. *Mas ela não podia*, Madison percebeu, com um suspiro pesado. Era só uma questão de tempo antes de Flannigan ligar. Quando o fizesse, o tempo dela em Whistle Creek estaria acabado, o tempo dela com Reed estaria acabado.

— Flannigan... — disse, balançando a cabeça. — Se eu soubesse onde Harrison está...

Reed concordou com a cabeça, entendendo que ela não poderia ficar.

— Não vai demorar muito agora... — ele se calou, como se alguém tivesse acabado de morrer.

Madison se virou para ele e procurou seu olhar. Ela tinha tantos arrependimentos. Se arrependia de Harrison, de deixar Reed, de não fazer as perguntas que deveria ter feito.

— Parei de sentir pesar, Reed, e não me arrependo de ter vindo a Whistle Creek, ou de encontrá-lo novamente. Quero aproveitar ao máximo cada momento.

A boca de Reed lentamente se transformou em um sorriso faminto.

— Então, eu sou obrigado a fazer o mesmo.

Madison não sabia quando ele estendeu o saco de dormir, ou quando a brisa fresca tinha se instaurado, mas ele estendeu a mão para ela e Madison se permitiu sentir.

Ela sentiu suas mãos calejadas roçando sua pele macia ao tirar suas roupas peça por peça. Sentiu a respiração dele em sua clavícula antes que sussurrasse algo sexy.

Sentiu o ar frio da noite em contraste com a pele quente e os beijos de Reed.

COWBOY PROTETOR

As estrelas brilhavam como diamantes no céu, e naquele momento nenhum homem poderia dar mais para Madison. Este homem tinha roubado seu coração e ela sabia que desta vez ir embora não seria tão fácil. Desta vez, ela se despedaçaria.

Uma lágrima escorregou por sua bochecha e Reed parou sua exploração para capturá-la com um beijo.

— Não chore, Maddy.

— Não suporto a ideia de deixar você... — Madison admitiu calmamente.

A voz de Reed estava rouca de emoção quando ele a puxou para perto.

— Então não pense sobre isso.

Quando ele a beijou desta vez, não foi apenas um beijo. Foi uma confirmação da conexão que eles compartilhavam; era como se estivessem dividindo suas almas, sua própria essência.

Eles fizeram amor sob as estrelas, mais carinhosos do que nunca. Reed venerou seu corpo, ela se deleitou com o dele. Só depois de terem conduzido um ao outro ao ápice, Madison percebeu que fazer amor com Reed nunca foi apenas sexo.

Ela estava se apaixonando por seu cowboy protetor e, embora soubesse que não podia ficar, ela se aconchegou ao lado dele, aceitando que, por enquanto, poderia passar a noite com ele sob as estrelas.

O braço de Reed a puxou ainda mais perto, perto o suficiente para que ela pudesse ouvir seu coração batendo em seu peito.

— Reed... — ela sussurrou, com medo de perturbar o belo momento.

A mão de Reed acariciou seu cabelo antes de dar um beijo no topo de sua cabeça.

— Eu te amo, Maddy.

Um sorriso curvou sua boca lentamente, o sono a atraindo para mais perto. Naquele momento, Madison não se importava se algum dia seria Rachel Lewin novamente, porque nada parecia mais certo do que as palavras de Reed.

Capítulo Dezoito

O celeiro era uma sinfonia de luzes, música e pessoas. Carros alinhados na estrada e, embora Madison não conhecesse ninguém, não pode deixar de aproveitar a festa. Marlene estava se sentindo em casa, apreciando a atenção e dançando alegremente enquanto Madison cuidava do serviço de buffet.

Depois de acordar com o nascer do sol no cume nos braços de Reed, ela não queria nada mais do que ficar ali pelo resto de sua vida, mas ambos tinham responsabilidades e precisavam voltar. Assim que retornaram ao rancho, Reed e Madison ficaram envolvidos com tudo que precisavam fazer para se preparar para a festa de Marlene. Assim como prometeu, ela havia chegado pouco depois das nove horas para transformar o celeiro no palco para uma dança de celeiro do faroeste.

O dia passou voando em uma correia com preparativos até que Marlene saiu no final da tarde para ir e se arrumar. Quando ela voltou, Madison não pôde deixar de ficar feliz por ela ter conseguiu tornar a noite possível. Foi uma corrida louca e seus pés a estavam matando, mas ela tinha gostado de cada momento de preparação.

Alguns amigos de Paul estavam grelhando bifes ao lado do celeiro e, depois de verificar com eles quanto levaria até que Madison precisasse trazer os acompanhamentos, ela se dirigiu para o celeiro.

Mal tinha entrado quando sentiu o braço de Reed deslizar ao seu redor dela.

— Quer dançar?

Madison sorriu por cima do ombro para ele.

— Você já me tem aos seus pés, cowboy.

Reed riu enquanto a girava para encará-lo.

— Então é melhor eu continuar fazendo isso.

Uma antiga música country favorita começou a tocar nos alto-falantes e, antes que Madison pudesse argumentar, estava dançando junto de Reed.

Não podia deixar de ficar surpresa com seus movimentos, especialmente quando ele a mergulhou antes de puxá-la para perto novamente. Até agora, tinham sido muito cuidadosos para não mostrar seu relacionamento na frente de ninguém, mas quando os lábios de Reed roçaram nos dela e ele sorriu maliciosamente, Madison não se importava com quem estivesse assistindo.

Ela ouviu Marlene gritando por perto e rapidamente se lembrou de que precisava verificar as batatas recheadas na cozinha. Começou a se afastar quando Reed a parou.

— Aonde você vai?

— Tenho que verificar as batatas — Madison implorou. — Acredite em mim, se eu tivesse escolha, ficaria bem aqui. Mas não posso decepcionar Marlene.

Reed finalmente a deixou ir, mas não antes de lhe dar outro beijo estalado e um tapinha na bunda. Rindo, Madison saiu do celeiro. Acenou para os caras na grelha, indo para a cabana. Olhando para as estrelas, sabia que estava sorrindo como uma idiota, mas não conseguia se lembrar da última vez que esteve tão feliz. Abriu a porta de tela e a fechou atrás de si, cantando junto com a música que vinha do celeiro para a cozinha.

Quando ela estava prestes a abrir o forno, ouviu uma voz atrás de si.

— Olá, Rachel.

O medo apertou seu coração e um arrepio percorreu sua espinha. Ela não se virou de primeira, apenas respirou fundo e empurrou o medo de lado, permitindo que a raiva tomasse seu lugar. Quando se virou e encontrou seu olhar, não conseguia entender como foi confiar naqueles olhos de cobra.

— O que você está fazendo aqui, Harrison? — perguntou, com uma voz firme, embora seu coração estivesse acelerado.

Estava sozinha na casa com Harrison e, depois de saber que ele trabalhava para Carlos Alvarez, não tinha dúvidas de que ele era capaz de machucá-la. Ninguém iria ouvi-la por conta da música no celeiro.

Ele encolheu os ombros com um sorriso malicioso. Como ela poderia ter confundido aquele sorriso com charme?

— Você é minha garota.

Madison negou com a cabeça.

— Não, eu era a droga do seu disfarce. Eu sei, Harrison. Sei tudo. Sei que você está com problemas e que arruinou minha vida ao me arrastar para eles. Posso ser muitas coisas, mas não sou sua maldita garota. Como diabos você me encontrou? — Tinha uma ponta de histeria em sua voz e Madison respirou fundo, forçando-se a ficar calma.

— Não é minha garota? Sim, está certo. Eu vi você sacudindo sua bunda para aquele cowboy lá — Harrison zombou e seu sorriso desapareceu. Seus olhos começaram a brilhar com algo que Madison nunca tinha visto antes, mas isso a fez dar um passo para trás.

— Os policiais estão procurando por você. Quando eles te encontrarem...

— Eles não vão me encontrar — disse ele facilmente. — Inferno, eles não conseguiram nem te esconder de mim.

Madison franziu os lábios.

— *Como* você me achou?

— Temos amigos... em todos os lugares. Amigos que sabem onde olhar quando alguém desaparece. Amigos que sabem fazer as pessoas desaparecerem. — A boca dele se inclinou em um sorriso malicioso que fez o coração de Madison se apertar de medo.

Seu foco disparou pela cozinha em busca de uma arma, mas não havia nada ao seu alcance.

— O que você quer, Harrison?

— Meu dinheiro.

— Eu nem sabia sobre o seu dinheiro. Por que está procurando por isso aqui?

— Você sabia — afirmou Harrison, balançando a cabeça. — Os jantares, as férias, os móveis caros. Você sabia, mas simplesmente não se preocupou em perguntar.

Madison balançou a cabeça.

— Eu não sabia. — Ela pegou o brilho de uma arma em sua cintura e engoliu a ansiedade. — Eu nunca soube. Até a invasão... eu não sabia. Eles tentaram me matar, Harrison, na delegacia... porque você roubou o dinheiro deles.

— Um simples mal-entendido. Eu aumentei meu pagamento e eles não aceitaram, então tive que fazê-los perceber o quanto eu poderia proporcionar a eles.

— Você é louco. — Madison deu mais um passo para trás e sentiu a geladeira nas costas. — Eles vão te matar!

— Eles não vão — assegurou Harrison. — Todo o mal-entendido foi resolvido. Só preciso devolver o dinheiro.

— Mas eu não… — Madison gritou quando a mão de Harrison levantou e arrancou o colar de seu pescoço.

— Você foi estúpida o suficiente para acreditar que isso era apenas um pingente. — Ele riu lascivamente. — É uma chave, Rachel, mas não a chave do meu coração. É a chave do meu dinheiro.

Madison balançou a cabeça, confusa e perplexa.

— Mas é ouro, você me deu… como…

— Eu sabia que precisava manter o dinheiro seguro. Cofres particulares são a melhor maneira para fazer isso, mas onde eu guardaria a chave? Pensei em escondê-la no apartamento, então percebi que era uma má ideia. Por isso, fiz uma cópia da original e dei de presente para minha namorada desavisada e estúpida, e escondi a original no apartamento. — Harrison sorriu. — Já que não posso voltar lá, pensei em encontrar minha garota.

Madison engasgou.

— Seu mentiroso filho da…

— Shhh, não diga algo que você vai se arrepender. — Harrison admirou a chave em sua mão. — Agora que tenho, vou embora e Alvarez vai esquecer tudo sobre este pequeno mal-entendido.

Madison pulou antes que tivesse pensado nisso. Arrancou a chave da mão de Harrison e começou a correr. Já tinha percorrido quase toda a sala de estar quando ele a jogou no chão.

— Sua estúpida… — Harrison praguejou, enquanto Madison tentava chutar e arranhá-lo para se livrar dele.

Tudo o que conseguia pensar ao segurar a chave era que, se ela deixasse Harrison fugir, nunca seria capaz de ter sua vida de volta. Agora não tinha certeza se queria voltar para Santa Monica ou mesmo ser Rachel Lewin novamente, mas pelo menos queria ter uma escolha.

Ela o viu alcançar sua arma e sentiu o sangue drenar de seu rosto quando ele mirou nela… e lentamente se levantou.

— Rachel, podemos fazer isso da maneira fácil ou da maneira difícil. Pense nisso, eu não me importaria de fazer da mais difícil. Você era ótima na cama, mas eu odiaria te dizer que me irritou pra caralho. Mas eu precisava de um disfarce e, bem, você estava muito ansiosa para ter um namorado.

Madison sentiu uma lágrima escorrer por sua bochecha. Ele estava certo; ela estava tão desesperada para ter um namorado que nem sequer olhou direito para ver que ele era um mentiroso, traidor, fantoche de um cartel de drogas?

— Você não vai se safar dessa! — Madison disse, em meio às lágrimas.

A risada de Harrison soou como pura maldade.

— Ah, eu vou. Adeus, Rachel.

Ela o ouviu engatilhar a arma e sentiu seu sangue gelar. Fechou os olhos e, quando o tiro soou, esperou que a dor percorresse seu corpo. Mas a dor não veio e ela abriu os olhos com cuidado, sua respiração escapando em uma lufada de alívio.

— Reed!

Ele estava ao lado de um Harrison ferido, se contorcendo no chão da sala. Os olhos dele eram ilegíveis ao apontar a arma para Harrison.

— Mova-se e eu vou garantir que você não nunca mais se mexa.

Harrison tentou sorrir.

— É apenas um mal-entendido.

— Ótimo, você pode explicar para os federais, que já estão a caminho. — Reed grunhiu, chutando a arma de Harrison antes de olhar para Madison. — Maddy, você está bem?

Ela concordou com a cabeça.

— Acho que sim, como você...

Reed sorriu, enxugando as lágrimas de seu rosto.

— Eu disse que não conseguia tirar os meus olhos de você. Queria te olhar mais de perto quando ouvi vozes...

Madison caiu contra seu peito, uma onda de alívio a invadindo.

— Ele disse que tem amigos lá dentro, o cartel, eles disseram a ele onde eu estava... — Começou a balbuciar, mas Reed simplesmente a segurou e a acalmou.

— Falaremos sobre isso mais tarde. Apenas respire, certo? Apenas respire.

Madison fez o que ele mandou, o caos se instalando ao seu redor. Um policial de Reed correu para a casa para vigiar Harrison, enquanto o xerife dava a Marlene um resumo do que estava acontecendo. Quando a polícia estadual chegou para levar Harrison sob custódia, Madison estava uma confusão por suas emoções.

Ela não sabia o que era pior, ver Harrison como ele realmente era ou perceber que tinha sido uma cúmplice involuntária o tempo todo, usando a chave do dinheiro do cartel.

Capítulo Dezenove

Reed nunca foi mais grato por seu instinto do que quando encontrou Harrison confrontando Madison em sua cozinha. Ele ficou furioso, mas sabia que tinha que manter a mente clara, se fossem prender o criminoso que Madison havia chamado de namorado. Depois de enviar mensagens de texto para seus policiais perto da grelha para se juntar a ele na varanda, entrou na casa silenciosamente, dando-lhe o posicionamento perfeito quando Harrison a empurrou para o chão.

Assim que o homem ficou sob custódia da polícia estadual, Reed fez a ligação que sabia que levaria Madison para longe dele. Pensou em atrasar, mas sabia que este era um telefonema que não podia evitar.

— Flannigan — seu superior respondeu estoicamente. Era uma noite de sábado e Reed se perguntou se o homem fez aquilo só o suficiente para soar amigável.

— Aqui é Black. Tivemos hm... uma situação aqui há um tempinho. Harrison decidiu vir visitar a namorada.

Flannigan ficou quieto por um momento e Reed percebeu que ele nem deveria saber todos os detalhes sobre o caso.

— Madison me contou. Foi bom ela ter feito isso ou, de outra forma, eu não o teria derrubado.

Flannigan suspirou profundamente.

— A testemunha...

— Sim, ela está bem. Os rapazes do estado levaram seu cara sob custódia e estão esperando por mais instruções suas.

— Uma tempestade de merda! Você sabe o que acabou de começar? Uma tempestade de merda! Se o cartel descobrir que prendemos Harrison, Madison corre ainda mais perigo. Droga, Black!

Reed estava fervendo quando respondeu, os dentes entrecerrados.

— Você tem razão, eu deveria ter recuado e deixado que ele matasse a testemunha.

Um grunhido soou do outro lado da linha.

— Apenas um jantar tranquilo com a família, isso é tudo que eu queria esta noite. Estou indo para lá agora, deixe os rapazes do estado mantê-lo sob custódia em sua delegacia, estarei aí em algumas horas.

Reed encerrou a ligação antes de se voltar para Marlene.

— Pode levá-la para cima?

Ele não queria perder Madison de vista, especialmente após o aviso de Flannigan de que sua vida estava agora em mais perigo do que antes, mas sabia que ela precisava sair da linha de fogo. A última coisa que precisava agora era saber que as coisas tinham acabado de mal a pior.

Em trinta minutos, Paul se certificou de que todos os convidados haviam partido, enquanto Reed retransmitia as instruções de Flannigan para a polícia estadual. No momento em que sua casa ficou quieta novamente, subiu as escadas e encontrou Marlene sentada na cama com Madison, que estava olhando para a frente como se estivesse em choque.

— Obrigado, Marlene, assumirei a partir daqui — avisou.

Marlene concordou com a cabeça e se levantou. Ela deu a ele um olhar questionador antes de apertar seu ombro com encorajamento. Reed sabia que tinha muito o que explicar aos amigos, mas agora precisava cuidar de Madison primeiro.

Ouviu Marlene e Paul se afastando e se sentou ao lado de Madison na cama.

— Ele se foi agora.

Ela concordou com a cabeça antes de fechar os olhos.

— Como eu posso ter acreditado em suas mentiras? Hoje à noite, eu pude ver a verdade. Eu estava cega, Reed, estava tão cega.

Reed passou o braço em volta do ombro dela.

— Acontece com os melhores de nós.

— Não. Isso nunca aconteceu comigo antes. Todo esse tempo eu tinha a chave comigo. — Ela riu ironicamente. — Achei que fosse uma bugiganga, um presente, e o tempo todo eu estava andando com a chave para o dinheiro do cartel. Eu fui uma idiota.

— Você não pode se culpar por tudo isso, Maddy. Ele é um pilantra, um malandro. Ele brincou com você; posso garantir que já fez isso antes.

Madison suspirou antes de se virar para Reed com um olhar duro.

COWBOY PROTETOR

— Você vai mentir para mim?

Reed balançou a cabeça.

— Não. Eu só disse a você uma mentira e foi quando eu te disse que a Flórida estava no passado. Nunca esteve no passado para mim, Madison. Sempre ficou comigo.

Uma lágrima escorreu por sua bochecha, mas ela rapidamente a enxugou. Reed podia ver que ela estava tentando ser forte. Ele a puxou para perto e sussurrou:

— Você não tem que ser a Maddy forte, não está noite. Eu vou mantê-la segura.

Reed a segurou até que adormecesse, e enquanto sua respiração aumentava e diminuía, ele jurou nunca mais deixá-la. Ele não sabia como poderia mantê-la em Whistle Creek e se ela queria ficar, mas sabia que faria tudo ao seu alcance para encontrar um caminho. Ele não dormiu, em vez disso, a segurou a noite toda, mantendo vigilância. Se o cartel viesse atrás hoje à noite, eles seriam confrontados por um homem.

Mas um homem que está protegendo alguém que ama pode ser mais perigoso do que todo um exército sem paixão.

CAPÍTULO VINTE

O coração de Madison saltou em sua garganta, enquanto a névoa do sono ainda persistia. Ela olhou para Reed, que estava dormindo profundamente com os braços a segurando como se estivesse viciado. Ela respirou profundamente, certa de que estava sonhando. Depois de ontem à noite, era natural ser um pouco cética. Um olhar pela janela a fez perceber que já era tarde da manhã.

Um sorriso lento curvou sua boca, percebendo que poderia dizer que horas eram pelo sol; bem, não exatamente, mas teve uma boa ideia. Quando ouviu a batida de novo, sabia que não era sua imaginação desta vez. Empurrou o ombro de Reed.

— Reed! Reed, acorde!

Os olhos de Reed se abriram lentamente, um sorriso se espalhando em seu rosto.

— Você me quer tanto assim?

Madison balançou a cabeça.

— Ouça.

Quando as batidas começaram novamente, Reed saiu da cama como um foguete. Ele agarrou a sua arma da mesa de cabeceira e verificou se estava carregada antes de olhar para Madison.

— Não importa o que aconteça, fique aqui!

Antes que Madison pudesse argumentar, Reed saiu pela porta. Seu coração disparou no peito com o suor nervoso escorrendo de sua testa. Ontem à noite, Harrison quase a matou. Se ele era tão impiedoso, como seriam seus companheiros no cartel?

Como uma flecha, Madison saiu da cama e se dirigiu para a porta. Não importava que era trabalho de Reed protegê-la; ela não podia deixá-lo se machucar por causa de seu mau julgamento. Desceu correndo as escadas, preparada para se jogar à mercê do cartel, quando parou de repente ao pé da escada.

A arma de Reed estava no coldre e ele a lançou um olhar que deixou claro que ela não estava vestida apropriadamente para ter companhia. Madison permitiu que seus olhos se movessem para o homem ao seu lado e se encolheu, desejando poder rastejar para dentro da pequena fenda na escada.

— Senhorita Lewin — disse Flannigan, limpando a garganta antes de desviar o olhar.

Madison olhou para baixo e percebeu que nem se importou em colocar as calças. Estava na escada, vestindo apenas uma camiseta que deslizava sobre suas coxas e calcinha.

— Eu vou só... — Madison não terminou a frase, correndo escada acima para se vestir.

Enquanto colocava um moletom sobre a cabeça e se arrastava em sua calça jeans, percebeu que a presença de Flannigan só poderia significar uma coisa; era hora de ir embora.

Ela escovou os dentes e se olhou no espelho uma última vez antes de descer as escadas, desta vez sem parecer que cães do inferno estavam em seus calcanhares.

Reed e Flannigan estavam na cozinha conversando durante o café quando ela chegou. Até parecia que ela não tinha feito papel de boba há alguns momentos. Sorriu enquanto cumprimentava Flannigan.

— Agente Flannigan.

— Bom dia, Srta. Lewin — disse, com a sombra de um sorriso antes de se virar para Reed.

— Você está ciente das restrições de conduta social em relação a uma testemunha, xerife Black?

Madison se encolheu, sabendo que seu envolvimento poderia colocar Reed em problemas.

— Na verdade, agente Flannigan, Xerife Black e eu...

Reed pigarreou, assumindo o controle.

— Maddy, quero dizer a senhorita Lewin e eu nos conhecemos antes de ela vir para Whistle Creek. Quando eu ainda estava na Flórida...

Flannigan franziu a testa, olhando de um para o outro antes de negar com a cabeça.

— E você não achou que era necessário me avisar?

Reed encolheu os ombros.

— Você queria que eu a mantivesse segura, eu mantive.

— Vou lidar com isso mais tarde. Agora tenho algo que preciso discutir com você, senhorita Lewin.

Era estranho ser chamada de senhorita Lewin novamente. Depois de ser Madison Prince por apenas algumas semanas, era como se Rachel Lewin não existisse mais. A garota que se deixou ser enganada ao ser o disfarce para o contador de um cartel havia desaparecido em algum lugar entre sua chegada em Whistle Creek e se apaixonar por Reed novamente.

Madison assentiu e se juntou a ele no balcão da cozinha.

— Harrison ainda está em custódia?

— Sim. Sua verdadeira identidade é Samuel Marquez. Acontece que seu pai era irmão de Carlos Alvarez.

— O quê? A família dele é do cartel? — Madison perguntou, ainda mais chocada.

— Sim. Ele foi adotado por uma família americana e, depois de buscar suas raízes, se envolveu nos negócios da família. — Flannigan tomou um gole de café antes de continuar: — Nossas fontes confirmaram que Carlos Alvarez atravessou a fronteira ontem à noite. Depois que Marquez foi preso, ele sabia que estávamos nos aproximando dele. Embora não saibamos onde ele está, esperamos que fique quieto por um tempo.

— Então acabou? — Madison perguntou, esperançosa.

Flannigan negou com a cabeça.

— Temo que, para Rachel Lewin, isso nunca acabe. O cartel sabia onde você morava, conheciam seus amigos; Harrison se certificou de que eles sabiam tudo a seu respeito, porque você tinha a chave do cofre dele.

Madison suspirou balançando a cabeça.

— E agora?

— Localizamos o cofre. Não é tudo, mas há mais do que alguns milhões escondidos lá. O suficiente para deixar Marquez preso por muito tempo.

Madison olhou para Reed e o viu apertando a mandíbula. Ela tinha a sensação de que ele desejava ter dado mais do que um tiro de aviso na noite passada.

— De qualquer forma, a razão para eu estar aqui agora é porque Marquez foi preso e você pode ser transferida para sua localização permanente.

Madison sentiu seu coração cair no chão com um baque forte. Ela se virou para Reed, cujos olhos eram ilegíveis.

— Eu tenho que sair?

COWBOY PROTETOR

Flannigan concordou com a cabeça.

— Sim. Seu voo parte em algumas horas.

Ela olhou para Reed, desejando que ele dissesse algo... qualquer coisa. Que pedisse a ela para ficar, pelo menos para que considerasse ficar. Mas seu rosto era duro como mármore, completamente desprovido de emoção. E, simplesmente assim estava acabado, Madison percebeu. Lágrimas queimaram seus olhos quando assentiu.

— Eu vou fazer as malas.

Ela subiu as escadas e, assim que ficou sozinha em seu quarto, permitiu que as lágrimas saíssem. Seu coração doeu por perder Reed uma segunda vez. Ela não se importava com Rachel Lewin, ou a vida que havia deixado para trás. Tudo com que poderia se preocupar agora era Reed. Sem nenhuma dúvida na mente, Madison sabia que nunca encontraria um amor como aquele que sentia por Reed.

Pegando uma mochila debaixo da cama, começou a jogar suas coisas, sua visão turva ao tentar se lembrar de tudo. Estava prestes a abrir a porta quando Reed entrou no quarto.

Seus olhares se encontraram e se mantiveram fixos por um momento antes que ele soltasse um suspiro pesado.

— Eu não posso te prometer nada, não posso prometer que não vamos brigar, nem que sempre serei fácil de conviver, mas posso prometer que, se você ficar, ninguém nunca a amará mais que eu.

Madison franziu a testa.

— Reed? O que você está dizendo?

— Estou dizendo que não quero que você vá. Não vá para a localização permanente. Deixe que Whistle Creek seja seu local fixo. Seja Madison Prince, esteja comigo, seja minha Maddy. Eu não posso te perder de novo.

— Mas... — disse Madison, balançando a cabeça. Ele estava dizendo tudo que ela queria ouvir, mas agora ela não tinha certeza se era mesmo possível. — E quanto a Flannigan?

— Ele provavelmente irá tirar meu distintivo por me aproveitar de uma testemunha, mas disse que, se quer ficar, ele vai tentar fazer funcionar. Maddy... — Reed se moveu em sua direção e pegou as mãos dela. Roçou beijos suaves nos nós de seus dedos. — Eu já te deixei para seguir minha carreira uma vez, não vou cometer esse erro novamente. Eu amo você, Maddy. Fique.

Isso ia contra tudo que Madison sempre sonhou para sua vida. Ela sonhava com apartamentos na cidade grande, jantares em restaurantes chiques e amigos com empregos importantes. Tudo o que Whistle Creek podia oferecer a ela era uma churrascaria, amigos de uma pequena cidade, e um homem que ela não foi capaz de esquecer oito anos depois de passar um fim de semana com ele. Mas enquanto procurava os olhos cinzentos de Reed, Madison sabia que não precisava de nada além.

— Tem certeza? Eu posso ser bem difícil. Costumo falar muito, bagunçei sua cozinha toda e nem tenho certeza se gosto do nome Madison.

Reed riu, puxando-a para perto.

— Querida, você já bagunçou minha vida e, se não gosta de Madison, ficaremos com Maddy. Apenas não vá.

Ela procurou seus olhos cinzentos e soube que sua decisão já estava tomada.

— Eu vou ficar, se você fizer Flannigan concordar.

Reed sorriu.

— Ele parece mau, mas seu coração é macio como um marshmallow. Vamos queimá-lo um pouco mais com nossa história de amor e eu garanto que ele vai derreter.

Madison sorriu, descendo as escadas com a mão na de Reed. Quando vislumbrou o sorriso brincando na boca de Flannigan, soube que ele já estava derretendo.

Epílogo

Se alguém encontrasse Maddy hoje, eles nunca saberiam que, há um pouco mais de um ano, ela era uma garota da cidade grande em Santa Monica. Não acreditariam que ela nunca tinha montado em um cavalo, nem mesmo tentado dança de celeiro, mas Maddy não ligava pra isso. Porque as pessoas que tinha em sua vida agora eram do tipo que não se abandonava. Os amigos que fez em Whistle Creek eram mais leais (e excêntricos) do que quaisquer outros que já teve, mas ela não os trocaria por nada no mundo.

E então havia o homem com quem ela passava as noites. Um suspiro suave escapou dela enquanto esfregava o flanco de Priscilla.

— É bom que a gente não sinta ciúmes uma da outra, não é, garota?

Priscilla relinchou em concordância e Maddy prendeu a sela, começando a preparar os alforjes. Reed chegaria em casa a qualquer momento e, quando ele chegasse, ela queria estar pronta.

Embora Flannigan tivesse lhe dado uma advertência e deixado claro que Reed não fazia mais parte da longa lista de encarregados em todo o país que ajudavam as testemunhas a encontrar um novo começo, ele ainda era o xerife de Whistle Creek.

De acordo com todos na cidade, Maddy era uma antiga paixão que voltou para Reed para construírem um futuro. Mas a jovem tinha confidenciado a Marlene a história sobre seu passado, depois que o seu passado arruinou a festa de aniversário de Marlene. Ela ficou muito feliz por Maddy ter decidido ficar e construir uma vida em Whistle Creek para si mesma.

Maddy gostou do som disso. Ela estava construindo um futuro com um homem que amava, um homem que a adorava; um homem leal que ela sabia que sempre a protegeria. Aconteceram muitas coisas no último ano. Ela não só viveu sua primeira época de partos, como também seu primeiro leilão, mas também abriu as portas para os Momentos Mágicos de Maddy — um serviço de buffet para qualquer ocasião que precisasse de comemoração. Com o apoio da cidade, foi um sucesso maior do que poderia ter imaginado.

Ela ouviu a caminhonete antes mesmo de vê-la. Um sorriso surgiu em sua boca, esperando que ele ficasse surpreso quando visse o que ela estava fazendo.

Quando Reed desceu da caminhonete e olhou para os estábulos, um sorriso se formou em seu rosto. O coração de Maddy deu um pulo, como sempre acontecia. O homem era o epítome de um cowboy do oeste e a melhor parte é que esse cowboy era todo dela.

Sua boca se esticou com aquele *venha me pegar* em seus olhos que fez Reed ir até ela.

— Vai a algum lugar? — perguntou, olhando para Priscilla já selada.

Maddy encolheu os ombros.

— Só se você vier. Bonny está me implorando para dar uma volta. — Maddy apontou para onde Bonny estava pastando ao lado do celeiro, também selada.

Reed riu e balançou a cabeça.

— Sabe, às vezes eu quero me chutar por todo o tempo que perdemos.

Maddy sorriu e acariciou sua bochecha, a barba por fazer dando cócegas em seus dedos.

— Nós temos o resto de nossas vidas para compensar. Pensei que pudéssemos acampar no cume hoje à noite?

O cume havia se tornado o lugar especial deles. O local onde sonhavam com o futuro e falavam sobre o passado. Os cantos da boca de Reed se inclinaram para cima e ele concordou.

— Às vezes, acho que você pode ler minha mente. Eu queria te perguntar uma coisa, mas já que estamos indo para o cume, posso muito bem perguntar a você agora.

Maddy franziu a testa.

— O quê?

Reed se ajoelhou na terra, com sua bela égua ao lado dele, pegando a mão de Maddy e sorrindo para ela por debaixo de seu Stetson.

— Maddy, nunca pensei que quisesse compartilhar minha vida com alguém até você descer daquele maldito avião. Você virou meu mundo de cabeça para baixo, transformou minha cabana em um lugar que mal reconheço em alguns dias, mas também trouxe a luz do sol de volta à minha vida. Passe o resto de sua vida comigo aqui mesmo no rancho. Maddy, quer casar comigo?

De todas as coisas que ela esperava que ele fosse perguntar, essa era a última coisa que tinha em mente. Eles nem haviam discutido sobre casamento no passado e, para ser honesta, ela nem mesmo achava que era uma opção. Sua respiração ficou presa quando seu coração inchou no peito.

— Mal posso esperar para passar o resto da minha vida com você. Sim, eu me caso com você.

Reed se levantou e a ergueu, girando-a em círculos. Quando ele finalmente a colocou no chão, ambos estavam sem fôlego, o desejo já preenchendo o ar enquanto procuravam os olhos um do outro.

— Eu te amo, Reed.

Reed sorriu, segurando seu rosto.

— Eu te amo mais.

Com o sol apenas começando a se pôr, Reed procurou os olhos de Maddy, sabendo que o passado não importava mais, porque ele finalmente tinha alguém com quem queria compartilhar seu futuro. Ela era tudo que ele nunca quis e tudo que sempre precisou.

— Vamos ficar aqui olhando um para o outro, ou vamos assistir ao pôr do sol no cume? — Maddy perguntou, com um sorriso sexy.

Reed encolheu os ombros.

— Posso ser convencido a parar de ficar boquiaberto, por enquanto.

Eles montaram nos cavalos e, juntos, cavalgaram ao pôr do sol.

Fim.

Sobre o Autor

Milan é uma escritora divertida e espirituosa de romance contemporâneo em cidades pequenas. Ela conheceu o marido quando se apaixonou por ele aos catorze anos, e tem sido uma romântica incurável desde então.

Mora em uma fazenda com ele, dois filhos, sete cachorros, dois gatos, inúmeras ovelhas, e um cavalo. Ser esposa, mãe e escritora é uma vida maluca, que ela incorpora nas histórias que conta.

Milan escreve romances que não apenas são reais, mas onde os personagens enfrentam os mesmos desafios, mal-entendidos e momentos embaraçosos que a maioria das mulheres enfrentam sozinhas durante toda a sua vida. Se você gosta de um romance espirituoso, bem-humorado e sensual de cidades pequenas, então você veio o lugar certo.

A The Gift Box é uma editora brasileira, com publicações de autores nacionais e estrangeiros, que surgiu no mercado em janeiro de 2018. Nossos livros estão sempre entre os mais vendidos da Amazon e já receberam diversos destaques em blogs literários e na própria Amazon.

Somos uma empresa jovem, cheia de energia e paixão pela literatura de romance e queremos incentivar cada vez mais a leitura e o crescimento de nossos autores e parceiros.

Acompanhe a The Gift Box nas redes sociais para ficar por dentro de todas as novidades.

 www.thegiftboxbr.com

 /thegiftboxbr.com

 @thegiftboxbr

 @GiftBoxEditora